Flagranti und andere Heiterkeiten

Ludwig Hevesi

Impressum

Autor: Ludwig Hevesi
Umschlagkonzept: toepferschumann, Berlin

Verlag: tradition GmbH, Hamburg
ISBN: 978-3-8424-9062-8
Printed in Germany

Tucholsky Wagner Zola Scott Sydow Freud Schlegel
Turgenev Wallace Fonatne
Twain Walther von der Vogelweide Fouqué Friedrich II. von Preußen
Weber Freiligrath Frey
Fechner Weiße Rose von Fallersleben Kant Ernst Richthofen Frommel
Fichte
Engels Fielding Hölderlin Tacitus Dumas
Fehrs Faber Flaubert Eichendorff
Eliasberg Ebner Eschenbach
Feuerbach Maximilian I. von Habsburg Fock Zweig
Ewald Eliot Vergil
Goethe London
Mendelssohn Balzac Shakespeare Elisabeth von Österreich
Dostojewski Ganghofer
Trackl Lichtenberg Rathenau Doyle Gjellerup
Stevenson Hambruch
Mommsen Tolstoi Lenz Hanrieder Droste-Hülshoff
Thoma
Dach Verne von Arnim Hägele Hauff Humboldt
Karrillon Reuter Rousseau Hagen Hauptmann Gautier
Garschin Defoe
Damaschke Descartes Hebbel Baudelaire
Hegel Kussmaul Herder
Wolfram von Eschenbach Dickens Schopenhauer
Darwin Melville Rilke George
Bronner Grimm Jerome
Campe Horváth Aristoteles Bebel Proust
Bismarck Vigny Barlach Voltaire Federer Herodot
Gengenbach Heine
Storm Casanova Tersteegen Gilm Grillparzer Georgy
Chamberlain Lessing Langbein Gryphius
Brentano Lafontaine
Strachwitz Claudius Schiller Kralik Iffland Sokrates
Katharina II. von Rußland Bellamy Schilling
Gerstäcker Raabe Gibbon Tschechow
Löns Hesse Hoffmann Gogol Wilde Gleim Vulpius
Luther Heym Hofmannsthal Klee Hölty Morgenstern
Roth Heyse Klopstock Kleist Goedicke
Luxemburg Puschkin Homer Mörike
La Roche Horaz Musil
Machiavelli Kierkegaard Kraft Kraus
Navarra Aurel Musset Moltke
Nestroy Marie de France Lamprecht Kind Kirchhoff Hugo
Laotse Ipsen Liebknecht
Nietzsche Nansen Ringelnatz
Marx Lassalle Gorki Klett Leibniz
von Ossietzky May vom Stein Lawrence Irving
Petalozzi Knigge
Platon Pückler Michelangelo Kock Kafka
Sachs Poe Liebermann Korolenko
de Sade Praetorius Mistral Zetkin

Ludwig Hevesi

Flagranti
und andere Heiterkeiten

Die Rumpelkammer

Ein Spuk

Wie es kam, daß ich die Schwelle überschritt, ich weiß es nicht. Sie sah so eigentümlich verdächtig aus. Wie Schwellen, die Gott weiß wohin führen. Ich war wie im Traum. Ich glaube, es rief mich jemand, von innen; oder es schob, stieß mich einer, von außen. Ich erinnere mich nicht, wie die Tür aussah, oder ob eine vorhanden war. Aber ich glaube, es schloß sich etwas hinter mir, mit einem seufzenden, zähneknirschenden Ton. Es war recht dunkel in dem Raume. Anfangs sah ich gar nichts. War es ein Gelaß, in das ich getreten? Ein Speicher? Eine Höhle? Ein Keller? Ich roch unbestimmten Moder. Dann dämmerte mir eine schwache Lichtempfindung. Ein unbestimmt graugrünlicher Schein fleckte sich stellenweise mit einem unausgesprochen bläulichgelblichen Schimmer. Unbekannte Dinge schienen da und dort zu phosphoreszieren. Ein eigentümlich ängstlicher Mut zwang mich, vorwärts zu gehen. Eine Art passive Draufgängerei. Bei jedem Schritt glaubte ich in ein unsichtbares Loch zu fallen. Ich hörte meine Tritte nicht. Der Boden war wie mit einer tiefen Almstreu bedeckt. Das gab ein dürres Rascheln wie von Blättern. Und ein Knacksen knickender Sachen. Oder ein glitschriges Gleiten schon zergorener Massen. Mir war öd und verworren zumute. Ich traf auf Schichten formloser Dinge, wo ich durchbrach. Ich stieß gegen unbemerkte Arme und Zweige von Sachen, die im Finstern umherstanden. Sie waren so morsch, daß sie abbrachen und an meinen Kleidern hängen blieben. Plötzlich entglitt mir der Boden, und ich schlug der Länge nach hin, mitten in einen Kehrichthaufen, der eine Ecke des Raumes zu füllen schien. Eine stickige Staubwolke stieg auf; ich hatte ein Gefühl von Erdrückung. Wo bin ich? schrie es in mir. Licht! Licht!

Da geschah etwas Merkwürdiges. Warum? Das weiß ich nicht, aber mir fiel Friedrich Halm ein. Ein vergessenes Stück von Halm: »Imelda Lambertazzi.« Ich hatte seit vierzig Jahren nicht mehr daran gedacht. Darin ist eine Szene, wo der Tausendkünstler die Zweifler, die ihn als Betrüger entlarven wollen, durch ein Zauberstück ad absurdum führt. Er holt ein winziges Holzstäbchen aus der

Tasche, fährt damit über den Tisch und siehe, das Stäbchen loht hell auf! Unglaublich! Ein Wunder! Er ist also wirklich ein Wundertäter.

Wie mir das gerade jetzt einfiel, ich weiß es nicht. Aber ich hielt das Halmsche Zündhölzchen in der Hand, und es brannte. Ohne zu verbrennen. Mit rechten Dingen ging das schwerlich zu. Nun sah ich, wo ich war. In einer großen Rumpelkammer voll aufbewahrter und vergessener Sachen. Zwei Menschenalter mochten etwa genügt haben, all das aufzuspeichern. Gewiß lauter Dinge, die einst sehr wichtig schienen und jetzt sehr überflüssig aussahen. Haufen von Gerümpel, über denen eine Art Geist zu schweben schien. Was mochte es für ein Geist sein? Ein Name für ihn raunte sich mir zu, wie aus einem unsichtbaren Grammophon. Ich hörte ihn deutlich: der Geist der Unwesentlichkeit.

Ich rappelte mich aus meinem Kehrichthaufen heraus und versuchte mich abzustauben. Aber sobald ich das wirre Zeug los werden wollte, haftete es wie festgeklebt. Eins oder das andere dagegen, das ich zu haschen wünschte, huschte mir durch die Finger. In meinem Bart hatte sich ein winziges Röllchen verfangen, wie ein Lotteriezettelchen mit einer Zahl. Ich las »3.14«. Dann kam noch eine ganze Reihe Dezimalien. Ich rieb mir die Stirn. 3.14, was kann das sein? Ach, das ist ja die verwünschte Ludolfsche Zahl. Das verhaßte Pi, aus der mathematischen Lehrstunde. Wie kam ich darauf? Seit einem halben Säkulum hatte ich nicht daran gedacht. Ich schleuderte das Röllchen zu Boden, wie ein ekles Insekt. Nein, was für grausliche Dinge einem einfallen können! Ich stolperte weiter durch die tiefe Streu, mein Lichtchen krampfhaft in der Hand. Ich sah nun, daß die Streu wirklich aus lauter dürren Blättchen bestand. Aber aus Papierblättchen. Die meisten vergilbt, vergraut, verbräunt, knittricht und schrumpflicht geworden. Ich hob eines auf. Es stand ein Wort darauf, das ich nicht verstand, »Bobok«. Wer ist Bobok? Was ist Bobok? Was wollte ich mit Bobok? Ich konnte schlechterdings nicht klug daraus werden. Ein anderes Blättchen war so klebricht, daß ich es gar nicht vom Finger schütteln konnte. Vom rechten Daumen war ich's los, da fand ich's gleich an der Spitze des linken kleinen Fingers. Widerwillig warf ich einen Blick darauf. Die Schrift des Zettels war längst zerweicht, nur drei Worte noch zu lesen: »Styx der Götterheld.« Unsinn. War denn Styx ein Götterheld? Und aus solchem Zeug bestand offenbar die ganze Streu, durch die ich da watete. Sollte sich jemand eine Sammlung von Zitaten angelegt haben? Und sie dann hier eingelagert, um gelegentlich daraus zu schöpfen? In verächtlicher Aufwallung stieß ich nun bei jedem Schritt ganze Haufen davon mit dem Fuße beiseite. Sogenannter Zitatenschatz irgendeines Papierbeschreibers. Verschimmelter Zettelkastengeist. Zu wessen Heimstätte mochte nur dieser muffige Kramspeicher gehören?

Der Raum wurde nun etwas geräumiger. Ich hustete nicht mehr beim Atmen. Von den Dachsparren hingen Reihen dunkler Gegenstände herab. Manche glichen Schinken, die zum Räuchern aufgehängt waren. Andere Fledermäusen, die von der Decke einer Schlupfhöhle hangend ihren Winterschlaf halten. Einen stieß ich mit dem Stock an. Er barst und überschüttete mich mit einer Wust von Dingen, wie sie höchstens in einer griechischen Grammatik vorkommen. Vermoderte Vokabeln, zerknüllten Partizipalkonstruktionen, in Fäulnis übergegangene Floskeln, nicht keimfrei aufbewahrte Belegstellen. Ein Schauer von Zeitwörtern, die ihr Futurum mit x bilden, ging auf meinen Kopf nieder und machte mich niesen. Ich war aufs Haupt geschlagen. Im Innersten betroffen. Und das war nicht die gewöhnliche Dutzendverdutztheit, die uns das Leben tagtäglich zufügt. Ein schier mystisches Paffsein war es, über ganz wunderliche Wunder, die man nur nach dem Keinmalkeins berechnen kann. Aber nachgerade hatte mich eine mächtige Neugierde überkommen, diesen Unverständlichkeiten auf den Grund zu gehen. Ich hob wieder den Stock und stieß gegen eine der Fledermäuse, die also nur vollgestopfte Säcke waren. Er platzte, und ein Gestöber von krümligen, bröckligen Latinismen hüllte mich ein. Splitter von wurmstichigen Leitersprossen eines *Gradus ad Parnassum*, verrostete Paragraphen des Antibarbarus. Traurige Reste chrestomathischer Allotrien. *Apte dicta* inepter Dizenten. Wahrhaftig, jede dieser geschwollenen Fledermausformen war ein Sack voll Wust. Jeder einzelne ein Schulsack für sich, der »dann« an einen Dachsparren gehängt worden. Und Reihen solcher Säcke hingen da. Ein spanischer Sack, ein englischer Sack, ein französischer, italienischer, holländischer Sack. Jeder voll mit linguistischen, syntaktischen, stilistischen Fetzen und Brocken aus immer anderer Zunge. Betrübliches Panorama sogenannter Sprachkenntnisse.

Ich faßte mich an den Kopf. Bin ich auf dem Schnürboden einer komischen Oper? Oder träume ich eine Fortsetzung der Apokalypse? Oder irre ich in einem vollgekramten Gehirn umher und suche die Adresse des Besitzers? Ventrikel 4, nullter Stock, Tür y? Ist es das Gehirn des verehrten Deutobold Symbolizetti Alegoriowitsch Mystifizinsky, in dem ich da unberufen umherschlendere? Alles riecht so posthum. So mehrfach vergessen und wieder aus Notizbüchern erblättert ... Eben trat ich in eine ganze Notizbücherei. Verstreut, aufgetürmt, schichtenweise und zuhauf, nichts als Notizbücher, alle voll vom Bleistift des Augenblicks. Eine Kritzelwelt in Abkürzungen, Geheimzeichen. Stenogramme, Kryptogramme. Hügel von Notizbüchern, Bergzüge von Exzerpten, Analekten, Notaten. Vollgeschrieben, zugeklappt, weggelegt und nie wieder aufgeschlagen. Nicht zu Vergessendes festgelegt, schwarz auf weiß, für ewige Zeiten, und sofort wieder vergessen. Oh, man vergißt im Leben viel mehr, als man je gewußt hat. Ich hob ein verschossenes rotes Büchlein auf und setzte mich auf eine Kiste. Der brüchige Deckel ging entzwei. Ich fiel in ein stachliges Durcheinander von heraldischen Gebilden. Ach, Heraldik, einst eine meiner Passionen. Eine der so mancherlei wieder verschwitzten Gelehrsamkeiten sogenannter Mußestunden voll Kuliarbeit. Ich setzte mich auf eine andere Kiste. Ihre Seitenbretter, längst aus Zapfen und Leim, wichen nach vier Richtungen aus, ich saß am Boden. Sie hatte eine andere brotlose Wissenschaft der Jugendzeit enthalten; eingesargt bis auf bessere Zeiten. Pasigraphie, Pasilalie. Universalschrift, Universalsprache. Hab' ich nicht eine Bibliothek darüber gesammelt? Hatte ich nicht einst geläufig Esperanto gesprochen, die Kunstsprache des russischen Pasilalen Zamenhof?

Ich? Handelte es sich denn da um mich? War dies nicht das Gehirn des verehrten Alegoriowitsch Undsoweiter? Sein Gedächtnis vielmehr. Ja, nun war es mir plötzlich klar. Diese Rumpelkammer war nichts anderes als ein Gedächtnis. Das eines vollstudierten Gehirnes von heute, wie es gewisse Menschen im Schädel herumtragen. Ein ungeheures Gedächtnis, voll Sachen, ... aber schon Sachen! Wie war ich nur da hereingekommen? Durch welchen Zauberspuk? Vielleicht lag ich doch im Bette und träumte bloß, in winterlich brodelnder Spuknacht, wo Jahrestod und Jahresgeburt zusammenfallen? Welches Abenteuer, in seinem eigenen Gedächtnis herumzugehen und die Millionen von Konservenbüchsen mit einem brennenden Halm zu beleuchten. Wer mir das gesagt hätte, daß ich mich einst in meinem eigenen Gedächtnis auf eine Kiste voll Pasigraphie setzen und durchfallen würde. Ja, ich habe immer so ein vertracktes Gedächtnis gehabt. Mein Schädel war ein Mnemotechnicum, dessen Fassungsraum mit fortgesetztem Fassen immerzu wuchs. Unheimlicher Gedächtnismensch. Mit dem Übergedächtnis, das eigentlich unzurechnungsfähig ist. Warum weiß ich nicht mehr, am wievielten April Eintausendundsoundsoviel Heinrich der Sechste bis Siebente die gewisse Urkunde unterschrieb, an die ich mich nicht mehr erinnere? Solche hochgewichtige Tatsachen kommen einem abhanden. Dagegen weiß ich, um Mitternacht aus dem Schlaf geweckt, augenblicklich, daß jener von Humboldt erwähnte Indianerstamm in Südamerika Apapurinkasiquinitschchiquisaqua heißt. Und daß der Arak, der in Mexiko einem Boten gebührt, Amaklakuilolitquikablaglahuilli genannt wird. Angeführt als Beispiel für die Länge mexikanischer Wörter. Aus der Kinderzeit spreche ich auch noch fließend die Geistersprache, wie sie in Immermanns »Münchhausen« aufgeschrieben ist. »Schnuckli buckli koramsie quietsch dendrosto perialta bump firdeisinu mimfeistragon und hauk lauk schnapropäp.« Das heißt: »Hast mir Knödel aufgehoben?« Und die Antwort darauf: »Freßaunidum schlinglausibeest simple timple pimple feriauke meriaukemau.« Das heißt: »Ja.« Nämlich die bösen Geister haben unter anderen Straftaten auch die zu dulden, daß sie die einfachsten Dinge in den langwierigsten Wortformen ausdrücken müssen, während bei den guten Geistern das Gegenteil der Fall ist. Ein Engel sagt dem anderen: »Pöpöbelö.« Das ist seine ausführliche Lebensgeschichte in drei Quartbänden. Warum erinnere ich mich unauslöschlich an solche Nichtigkeiten? Während ich keine Ahnung habe, wann Melarchthon geboren ist und die Marquise von Parabère die Pocken gehabt hat.

Unter solchen verzweifelten Drehungen der psychischen Bohrmaschine saß ich auf den Trümmern jener pasigraphischen Kiste, neben den Trümmern der heraldischen Truhe. Noch immer das rot gewesene Notizbuch in der Hand. Mechanisch schlug ich es auf und las: »Bobok.« Jetzt wußte ich alles. In einer Schauergeschichte Dostojewskis wacht eine Leiche alle fünf bis sechs Wochen auf, sagt

»Bobok« und wird wieder still. Irgendeine Bedeutung hat das Wort nicht, es ist bloß eine Äußerung fortgeschrittener Zersetzung. Warum in Himmels Namen kann ich diesen Unsinn nicht vergessen? Während ich mir vergebens das Gehirn zermartere, – *je me matagrabolise la cervelle*, sagt der Franzose – wie die Frau des Leibschusters der Königin Elisabeth von England geheißen hat. Was doch jeder Gebildete wissen sollte. Mir war, als wäre plötzlich ein drei Millimeter breites Lichtband durch eine Ritze in dieses schwarze Verlies eingefallen, wäre an etlichen Kanten unsichtbarer Dinge umgeknickt und hätte diesen dunklen Punkt getroffen. Und dann wäre er abgeprallt, nach einem zweiten dunklen Punkte hin. Der war mir nun ebenso hell. »Styx der Götterheld« ach, das war allerdings an sich ein Nonsens. Ein unbrauchbarer Lappen, aus dem Spitzenbesatz des Festkleides der Königin gerissen, der wunderschönen und wundertraurigen. Die ganze Stelle lautet: »Ersteht wie aus dem Styx der Götterheld, unüberwindlich.« Im »Tod des Empedokles« von Hölderlin. Einst hatte man solche Perlen am Schnürlein, reihenweise, und trug sie vielfach um den Hals gewunden. Und um alle Handgelenke auch. Wann war das? Wann?

Jedenfalls ... Bobok, in meiner eigenen Handschrift ... Nun hatte ich es schriftlich, daß diese heillose Rumpelkammer mein eigenes Gedächtnis war. Ich fühlte, wie mein Gesicht plötzlich sehr lang wurde. Eine Entrüstung stieg in mir auf. Eine Empörung. Eine Erbitterung. Und seltsam, ich mußte dabei an eine gute Frau denken, die schmerzlich geseufzt haben würde: »Wann hat man da zum letztenmal abgestaubt!?« Ich begann den Raum zu durchmustern. Erst mit Abscheu, dann ironisch, zuletzt förmlich heiter gestimmt. Da gab es Gestelle und Gebinde voll Wissen für den Hausgebrauch, Rucksäcke und Soufflétaschen voll Kenntnissen für den Reisebedarf. Nie mitgenommen worden, die Schlüssel längst verloren. In einer Ecke staute sich ein ungeheurer Wirrwarr von Menschlichkeiten; medizinischer Herkunft. In einer unkenntlichen Masse stak noch ein Skalpell. Ein anderer Bezirk strotzte von Niederschlägen langwieriger Kunststudien. Sechsmal umgelernte Lehren und umbegriffene Begriffe. Geheiligte Mißverständnisse, in dicken Packen zusammengeschnürt und hier hinterlegt. Fässer voll gepökelter Ästhetik, in der Lauge ihrer Unausstehlichkeit. Gedörrte Ideale, mit einem Nimbus von perennierender Schäbigkeit. Ein süßlichflauer

Hefedunst stieg aus diesem klebrigen Satz ehemals fließender, strömender Elemente auf. Ich dachte an eine Pfandleihanstalt, wo man auf veraltete Bewunderungen halb so viel geborgt kriegt wie auf alte Strümpfe. An eine Trödlerbude, wo von Professoren abgelegte Auffassungen billig zu haben sind. Und systematische Ruhebetten, dreibeinig, aber noch mit Spuren edlen Roßhaares um die Schlitze. Eine Statuette Raffaels ist statt des vierten Fußes darunter gestellt.

Und weiter taste ich mich, schlurfenden Schrittes, anderen Winkeln zu. Ich stieß auf Mumien vergangener Liebhabereien. Wenn ich sie mit dem Stock beklopfte, zerfielen sie zu Staub. Breite schwarze Tafeln standen da, mit Überbleibseln mathematischer Beweise; jeder Wischer des großen Schwammes noch sichtbar. Ich konnte nicht anders, ich zog das Taschentuch und wischte auch diese letzten Reste weg. Einzelne Kästchen standen in besonders sicheren Winkeln. Enthielten gewiß rare Erkundungen, bücherwürmerische Wertsachen, einmagaziniert für gelegene Zeit. Die ruhmreiche Ausarbeitung war unterblieben. Was mag da drin sein? Das hat mich einst erfüllt, erwärmt, vermutlich begeistert. Es war grün wie die Hoffnung, wie der Lorbeer, wie die grüne Jugend. Fällt mir nicht ein, diese Särge zu öffnen; jetzt sind es ja doch nur Gebeine ohne Namen. Hier das Theater von Anno dazumal. Unwillkürlich drücke ich vorn am Hals den Kragenrand nieder, wie Fichtners Lieblingsgebärde war. Ich versuche meine Glatze zurückzuwerfen, wie Josef Wagner sein wallendes Lockenhaar. Ich ... Fort aus dieser sentimentalen Gegend. Diese eingedickte Theaterluft beizt wie Schnupftabak. Man niest sogar mit den Augen.

Ich weiß nicht, wie es kam. Das Gedächtnis hat solche wunderliche Mucken. Ich bücke mich gerade nach einigen verkalkten Reminiszenzen an Halmsche Stücke. Wer spielte nur damals den Zauberer in ... ja wie hieß das Stück? Das, wo mein Zündholz als Zauberei wirkte. Es war mir schon wieder entfallen. Und gleichzeitig flackerte mein Leuchthölzchen höchst verdächtig auf und wollte gleichfalls erlöschen. Rasch sprang ich auf und davon, dem Eingang zu. Als ich die Schwelle betrat, erlosch das Licht. Ein Glück für die Rumpelkammer, denn ich hatte bereits die feste Absicht gefaßt, den ganzen Kram anzuzünden.

Am Morgen nach diesem Traumgesicht schlenderte ich benommenen Kopfes durch die Straßen. Es war früh. Kinder gingen truppweise zur Schule, die Lehrbücher aufgeschnallt. Waren frisch und munter und unwissend, wie der liebe Gott sie geschaffen. Wußten gar nicht, daß sie ein Gedächtnis im Kopfe hatten. Eine schmucke, kleine Rumpelkammer, in die nun erst all das Gerümpel hinein sollte. Damit sie dereinst als Menschen und Rumpelkämmerer ihren Platz in der Welt genau ausfüllen möchten.

Die Sachenseele

Die Alten sagten Pantheismus, aber das klingt zu theologisch. Ich drücke mich demokratischer aus und sage: Sachenseele. Ich weiß ja nicht, ob der Mensch eine Seele hat, viele Gelehrte leugnen das; die Sachen aber, das lasse ich mir nicht ausreden, haben jede ihre Seele. Auch ihren Geist, ihren Charakter, ihr Naturell, Temperament, und was alles dazu gehört. Wenn man sie nur genau beobachtet, wohnt man sogar einer Entwicklung dieser Kräfte oder Eigenschaften bei. Ich traue manchem alten Kasten eher, als diesem Minister oder jenem Kardinal. Ja, auf die Sachen ist mehr Verlaß, nur muß man sie zuerst erkennen. Ist aber schon Menschenkenntnis schwer zu erwerben, so hapert es vollends mit der Sachkenntnis. Die, die im Buche steht, ist natürlich keinen Deut wert; auch ist sie etwas ganz Anderes, Äußerliches, Objektives, nicht zur Persönlichkeit der Sache Vordringendes. Nicht sachkundig, sondern sachvertraut heißt es sein. Als Mensch mit Menschen gelebt zu haben, genügt dazu nicht; man muß auch als Sache mit Sachen zu leben verstehen. Dann verliert das Objekt seine Vischersche »Tücke« und geht einem zu. Der neue Sessel stellt einem kein Bein, und selbst der alte Laufteppich, der sich kaum mehr rühren kann, läuft vor einem her durch alle Stuben wie ein treuer Köter.

Manches freilich bleibt einem trotz aller Versachlichung unerklärt. Meine Bettsäule z. B., die ich doch am Parkett festgeschraubt weiß, steht immer wieder anderswo, wenn ich lange nach Mitternacht im Finstern eintrete. Wo ich sie suche, ist sie gewiß nicht, und wo ich sie am wenigsten vermute, stoße ich mit der Nase auf sie. Entweder ist sie kein verläßlicher Charakter oder sie mag mich nicht und weicht mir nach Möglichkeit aus; namentlich wenn ich etwas mehr getrunken habe. Dies ist unter Umständen lästig, namentlich weil der elektrische Taster die Eigenheit hat, sich abwechselnd rechts oder links von der Tür zu befinden. Da in der Nähe mehrere alte Dolche hängen, die mir von jeher etwas spitz begegnen, hat das Suchen danach mitunter etwas Verletzendes. Unerfindlich ist es mir auch bis heute, was das alte grüne Kanapee gegen mich hat. So oft ich mich hinstrecken will, stellt es sich ganz kurz, und es ist doch entschieden zu lang für die Stelle, an der es steht. Auch opponiert es, sobald ich ihm zu nahe trete, durch unartikulierte Zwischenrufe. Es knirscht mit Zähnen, die ich vergeblich zu finden trachte, und knackt überall Nüsse auf, die doch im ganzen Hause nicht vorkommen. Hie und da geht es sogar zu Tätlichkeiten über und sticht mich durch den grünen Bezug ins dicke Fleisch oder kneift mich so empfindlich in den Rockschoß, daß ich gar nicht gleich aufstehen kann. Es ist ein Racker, dem ich in Güte nicht mehr beikomme. So habe ich es einstweilen mit einer Zentnerlast von Büchern beladen, die ich dort einem Veredelungsverfahren durch selbsttätige Ablagerung von Staub unterziehe. Nun simuliert es progressive Kurzbeinigkeit und wird immer niedriger. Je mehr Bücher ich ihm auflade, desto mehr nimmt die Höhe des Haufens ab. Wie zum Teufel es das anfängt, ist einstweilen sein Geheimnis.

Ich bin natürlich auch etwas boshaft und erwidere seine Sekkaturen mit jener Findigkeit, die mich ja auszeichnet. So habe ich ihm seit zwei Monaten auch noch mein spanisches Wörterbuch aufgeladen. Vier dicke Quartbände zu 800 Seiten. Ich lese nämlich jetzt spanisch, jeden Tag zwei Stunden. Nicht als ob ich auf das Spanische gar so neugierig wäre, sondern um mir Bewegung zu machen. Zum Ausgehen bin ich nämlich viel zu faul, da man aber doch zur Erhaltung der Gesundheit zwei Stunden täglich gehen muß, lerne ich spanisch. Ich lese den Don Quixote von Cervantes. Und zwar lese ich ihn an meinem Schreibtisch. Und da ich bei jedem dritten Worte im Wörterbuch nachsehen muß, das auf besagtem Kanapee im anderen Zimmer liegt, so mache ich jedesmal zehn Schritte bis zum Kanapee und dann weiter fünf Schritte bis zum Fenster, da das Kanapee im Schatten steht, und dann natürlich eine ebensolche Strecke zurück. Da der Don Quixote gottlob sehr schwer zu lesen ist, muß ich für jede Seite Text etwa hundertmal zum Wörterbuch, ans Fenster und wieder zurück wandern. Das macht zusammen rund dreitausend Schritt. Wenn ich sechs Seiten Don Quixote gelesen habe, sind so an die acht Kilometer Weges glücklich abgeschritten. Dazu kommt noch, daß jeder Band Wörterbuch anderthalb Pfund schwer ist. Und da ich regelmäßig erst mit dem vierten Griff den richtigen Band erwische, so ist mein spanisches Sprachstudium zugleich eine mehrstündige ausgiebige Hantelübung. Ein Jonglieren mit anderthalbpfundigen Gewichten, als hätte ich abends im Kolosseum aufzutreten. Meine Arm- und Beinmuskeln sind auch infolge meiner Fortschritte in der spanischen Sprache und Literatur bereits ins Athletische gediehen, was indes meine ärztlichen Freunde nicht davon abhält, mir noch immer als radikalem Stubenhocker die ungünstigste Prognose zu stellen.

Der Gemütszustand des grünen Kanapees bei dieser systematisch fortgesetzten Störung seiner Beschaulichkeit kann unmöglich ein rosiger sein. Es platzt vor stillem Ärger, und ich sehe dann mit Arglist zu, wie es vergebens wartet, daß ich es wieder vernähen lasse. Nun, wir werden ja sehen, wer früher mürbe wird. Vielleicht ich. Einmal ist mir das schon passiert. Mit dem alten Sekretär aus dem Elternhause, Anno Biedermeier gezimmert, aus gelbem Kirschholz mit Einlagen von Esche. Das ist allerdings ein höchst ehrenwerter Charakter, der im Kampf ums Dasein das Dasein untergekriegt hat, so daß es ihm nichts mehr anhaben kann. Zwar in diesem Alter immer noch Sekretär zu sein, ohne Aussicht auf Avancement in höhere Rangklassen, das hätte selbst Herrn Biedermeier in Person zum Aufbegehren gebracht. Mein Sekretär raunzt niemals, noch nie habe ich eine Wolke auf seinem Stirngiebel bemerkt. Allerdings lächelt er auch nie, sondern hält den Ausdruck einer Person fest, die »sich ihr Teil denkt«. Konservativ ist er im höchsten Grade und stößt alles Neue sofort ab. Die neuen Schlüsselschilde, die ich ihm anschrauben ließ, wollten durchaus nicht haften. Durch eine neue Politur schlug nach einem Jahre die alte mit ihren sämtlichen Flecken und Abschürfungen siegreich durch. Und dabei ist er die Diskretion selbst. Er besitzt natürlich ein Geheimfach, aber er hält dieses Fach so geheim, daß ich es noch immer nicht finden kann. Ich habe ihm schon das Innere zu äußerst gedreht; je offener er stand, desto verschlossener blieb er. Mehrere Messer und Scheren, die ich als Hebel benützte, brachen an seiner passiven Resistenz ab. Wo immer man klopft, klingt er massiv, und doch muß er irgendwo hohl sein. Ein Felsen aus Holz. An einer Stelle beginnt er schon zu versteinern; der Tischler hält das für einen Astknorren, aber ich glaube ihm nicht. Eher wird es ein abgebrochener Zahn der Zeit sein, der in ihm stecken geblieben ist. Die neueren Möbel, zwischen denen er steht, sind für ihn Luft. Solche geschwindelte Fabriksware verachtet er. Er behandelt sie weder höflich noch unhöflich, er behandelt sie gar nicht. Einmal wollte ihn die Magd rücken, um für einen secessionistischen Ständer Platz zu machen, aber das schlug ihr zum Übel aus. Er trat ihr auf den Fuß, daß die große Zehe hin war; seitdem steht er ungerückt. Wie gesagt, sein Geheimnis habe ich ihm lassen müssen. Er hat offenbar Auftrag, es erst der dritten und vierten Generation mitzuteilen. Trotzdem ist mir der Alte wert. Schon weil er Talent zu Orakelsprüchen hat. Sein Furnier zeigt allerlei krause Figuren, ganze Gesichter, mit erkennbarem Ausdruck. Wenn mich ein wichtiger Zweifel plagt, frage ich den alten Sekretär und folge dem fröhlichen oder traurigen Furniergesicht, das er mir eben zuwendet. So ein Sekretär ist schon ein förmlicher Onkel.

Und die alte Kredenz, auch aus jener dazumaligen Zeit, ist die richtige Frau Tante. Die nimmt sich heraus, mich erziehen zu wollen. Sie ist ein altes, baßgeigenfarbenes Gebäude, unten mit keifenden Türen, oben mit einem Deckel, dessen eiserne Spreize gern aus ihrer Öse herausgleitet. Wie oft mich dieser Deckel schon auf die Hand geschlagen hat, wenn ich mir außer der Zeit einen Bissen langen wollte! Die gute Alte hat mich erziehen sehen und will das nun noch immer fortsetzen. Innen ist sie weiß lackiert; darauf hält sie viel und sieht traurig aus, wenn ich den Anstrich nicht beizeiten erneuern lasse. Und ich kann keine Kredenz traurig sehen. Was sie gar nicht leiden mag, ist, wenn ich im Zimmer Krocket spiele. Da liegt nämlich ein moderner Teppich vom seligen Otto Eckmann; ein sehr fein erfundener Knüpfteppich in zweierlei Braun, hell und noch heller, und zwar mit einem großen Quadratmuster. Darauf kann man famos Krocket spielen, und ein kleiner Nachbar kommt dazu eigens herüber. Ein Stubenhocker muß sich eben seine gesunde Zimmerbewegung machen. Das mag nun aber Tante Kredenz gar nicht leiden. In ihrer Zeit spielte man nicht Krocket, vollends im Zimmer, und gar bei offenen Fenstern. Sie läuft sofort an, ödematisch, und geht aus dem Leim. Als ob der Leim nur vorhanden wäre, um aus ihm zu gehen. Onkel Sekretär tut so was nicht; sein Leim ist der Leim der Leime. Tante Kredenz gleicht schon mehr den »geleimten Mitteleuropäern« von heute und geht von der Zugluft auf, so daß die Bücher, mit denen sie unten vollgestopft ist, auf meinen Krocketteppich kollern. Das Gesicht, das sie dabei macht, ist so rührend, daß die uralte Wiege, die dabei steht, hörbar zu weinen anfängt. Sie weint bei jedem Temperaturwechsel wie ein Kind, und dazu klappert der alte Spinnrocken wie ein Skelett. Warum all der Urväterhausrat noch immer da herumsteht? Es ist doch überall ein Endchen Urväterseele darin, eine ererbte Fähigkeit des Weinens und Klapperns, die zum seelischen Familiengut gehört. Die Wiege ist auch mit Büchern angefüllt, die jedoch über ihren Horizont gehen. Der Spinnrocken dient als Regenschirmständer, läßt aber die Dinger immer fallen. Ich glaube beinahe, diese beiden alten Sachenseelen haben es nicht ganz gut bei mir. Aber wer kann sich in allen Seelensachen so genau auskennen?

Nicht jedes alte Möbel hat die Aufopferungsfähigkeit meines Papierkorbes, dieser wahrhaft schönen Seele, die mir seit Jahren alles Langweilige, Lästige, öde, Blöde mit einer Freudigkeit abnimmt, die mir die höchste Achtung einflößt. Hätte sie eine Hand, wie oft wäre diese von mir schon geküßt worden. Eine Frau täte für mich gewiß nicht, was dieser Papierkorb tut. Und ich kann ihm doch nicht einmal in meinem Testament etwas vermachen, denn es würde ihm nicht ausgefolgt. In anderer Weise schätzbar ist das Naturell meiner Papierschere. Obgleich ich ihr, unter uns gesagt, schon eine gewisse Gesetztheit wünschen würde, ist sie noch immer der muntere Springinsfeld, den ich bloß halte, um mir an ihm ein Beispiel zu nehmen. Das ich natürlich nicht befolge. Diese Schere hat keine Spur von Sitzfleisch. Sie verschwindet und erscheint wieder, mit immer gleicher, anregender Plötzlichkeit. Sie ist das Unvorhergesehene in meinem Hause, das ewig Unerwartete, der Kobold, der mich am Einrosten hindert. Welche Trauer, wenn sie schon wieder nicht zu finden ist! Welche Freude, wenn sie doch wieder auftaucht, nach zwei Wochen, vier Wochen ... wo? als Lesezeichen in einem längst vergessenen Schmöker; als »ich weiß nicht, etwas Spitziges« im Abgrund zwischen zwei Kissen einer Polsterlehne; als Gegengewicht einer Rouleauschnur hoch oben am Fenster baumelnd; als Versteckenspielerin im weggelegten Futteral eines Regenschirms; als Stützpfahl meiner Rebe, ... von der übrigens später. In der Tat, das ist Dame Kobold, als zusammenklappbare Zweischneidigkeit gestaltet, die allem Papiernen, Ledernen, Hölzernen spottet, eine stahlblanke Seele, das Prinzip der Anti-Makulatur, mitten in der Schreibstube die Freizügigkeit selbst, das ewig verlegte, das ewig »soeben in der Hand Gehabte«. Ja, sie ist der Sauerteig meines Schreibtischlebens. Die Vexierseele, die mich seit so vielen Jahren im Schwung erhält.

Sie und meine Rebe. Meine Rebe ... Ich besitze nämlich eine Rebe. Das ist mein Weingarten, mein Weinberg des Herrn. Was hätte es für einen Sinn, mir eine fade Levkoje oder eitle Nelke im Gartenge-schirr als vegetabilisches Haustier zu halten? Sie blüht und hat ge-blüht, basta! Da ist meine Rebe eine ganz andere Person. Sie stammt aus der Wibmerschen Rebschule in Pettau und hat eine Sachsenseele erster Güte im Leibe. Ich habe sie mir nämlich in den Kopf gesetzt, um mir noch mehr Bewegung zu machen. Ich will durchaus meinen eigenen, selbstgekelterten Wein trinken, Vielleicht nur einen Fin-gerhut voll, aber unleugbaren Eigenbau. Vielleicht nur auf Zucker geträufelt trinkbar, wegen allzugroßer Säure infolge Mangels an Sonne, aber doch wenigstens kein »fremder Tropfen in meinem Blute« worüber ja schon Egmont sich gelegentlich beschwert. Mög-lich, daß mein Wein nur wenig Alkohol enthalten wird, vielleicht gar bloß alkoholfreien Alkohol, von dem ich schon längst träume, aber das wäre ja erst der rechte Triumph. Item, ich habe meine Rebe in einen großen Gartentopf gesetzt, mit der besten schwarzen Erde, und hacke und jäte und häufle und pfropfe daran herum, genau nach den Angaben meines Konversations-Lexikons. Es ist eine Freude, mich in meinem Weingarten als Weinbauer tätig zu sehen; auch halten mich die meisten Vis à vis schon für verrückt. Aber ich kenne die Seele meiner Rebe, sie ist dankbar und wird mich nicht im Stiche lassen. Sie fühlt es ganz wohl, wie sorglich ich sie der Sonne nachtrage. Ich wohne gegen Nordnordwest, aber mit Rück-seite gegen hinten hinaus. Bald wird dieses, bald jenes halbe Fenster vom warmen Strahl getroffen, das geht in einer kalendarischen Reihenfolge, jahres- und tageszeitenweise. Und da trage ich meine Rebe immer gewissenhaft an die gerade beschienene Stelle, bald vorn heraus, bald hinten hinaus, bald ins Küchenfenster, bald in die Speisenkammer, wo in der oberen Fensterecke rechts für sie ein eigenes Brett angebracht ist, weil im Sommer um sieben Uhr abends nur noch jenes Winkelchen der Wohnung Sonne hat. Seit einem Jahre bin ich auf dieser Wanderschaft mit meiner treuen Rebe. Und sie gedeiht sichtlich. Anfangs setzte sie drei Blättchen an, jetzt hat sie keins mehr; und das soll das Richtige sein. Auch war sie ur-sprünglich um drei Zentimeter höher; aber je kürzer sie wird, desto strammer, sagt man, wird der Wuchs. Hie und da stutze ich sie auch ein wenig; so oft ich nämlich zufällig wieder einmal meine Schere finde. Durch dieses Verfahren hat sie auch bereits die gewis-se grünliche Farbe verloren, die immer auf Unreifheit deutet. Sie nimmt jetzt, von oben nach unten, einen gewissen holzartigen Charakter an, den Typus des Strunks. Das soll besonders gegen die Phylloxera ausgezeichnet sein; die Peronospora habe ich, durch Abschaffung der Blätter, ohnehin schon unmöglich gemacht. Und so hege und pflege ich meine Rebe seit vielen Monaten und trage sie treulich von Sonne zu Sonne. Mir ist es eine heilsame Leibesübung, und ihr geht es nicht minder gut; unsere beiden Sachenseelen haben sich verstanden. Welch ein Bacchanal werde ich feiern, wenn ich meinen ersten Wein gekeltert habe!

Biedermaier

Es war einmal ein Wiener, der hieß Biedermaier ... Nein! Es waren einmal zweihunderttausend Wiener, die hießen alle Biedermaier. Man hieß damals überhaupt Biedermaier. Nur, da es doch Unterschiede geben muß, schrieb man sich bald mit »ai« bald mit »ei« und etliche auch noch unorthographisch.

Es war eine schöne, ruhige, stille Zeit. Eine gute, alte Zeit war es. Man wußte noch nicht einmal, daß Ruhe die erste Bürgerpflicht sei; man war einfach ruhig, weil man ruhig war. Man war natürlich auch bieder; daher der Name. Sehr bieder war man. Alle diese Eigenschaftswörter sind bekanntlich später einmal Verbalinjurien geworden.

Biedermaier hielt viel auf Ordnung und Nettigkeit. Sein Backenbart war immer gleich lang und breit und enthielt immer die gleiche Anzahl von Haaren. Wie er das nur zustande brachte. Seine Gesichtsfarbe hatte immer etwas Gewaschenes, Gelüftetes. Er sah wirklich gut aus. Die Bügelfalte kannte er zwar nicht, so weit war die Physik noch nicht fortgeschritten. Dafür trug er Strupfen, denn an seinen Beinkleidern und an seiner Geliebten wollte er keine Runzeln. Er hatte auch Mut. Mehr Mut als zum Beispiel der Prinz von Wales, denn der wagt keinen braunen oder blauen Frack zu tragen und Kappenstiefel dazu. Ein bißchen freilich sah er nach Wilhelm Busch aus, aber der war ja damals noch nicht geboren. Und wo wäre Wilhelm Busch, wenn Biedermaier nicht gewesen wäre!

Richtig, Briefkuverts hatte er auch keine. Diese Erfindung konnte erst viel später gemacht werden, als die Chemie des Gummiarabicums vollkommen ausgebaut war. Dafür petschierte er. Jawohl, Biedermaier siegelte. Er trug einen gravierten Siegelring, sogar am Zeigefinger. Und ein goldenes Petschaft trug er, das baumelte aus der Westentasche nieder und war sehr hübsch. Man sammelt heute diese Siegelringe und Petschaften und steckt sie im Museum hinter Glas. Jawohl, aus der Tasche der Weste hing das Petschaft heraus, und die Weste war zierlich gestickt, in bunter Seide, von schmalen, weißen Händen, in zarten, weißen Zwirnhandschuhen. In spinnwebdünnen Handstrümpfen, bis über den Ellenbogen hinauf. Man sah der Weste immer an, ob die Augen, die auf ihre Stickerei niedergeblickt, blau gewesen oder schwarz. Erst die moderne Psycho-physik weiß dieses Rätsel zu deuten.

Dafür konnte Biedermaier noch einen Brief falten und siegeln. Er kannte sogar die Symbolik des Siegelwachses, und die Emblematik der Embleme, ... wie er sich ausdrückte. Denn Biedermaier war gebildet. Er schenkte Souvenirs, bekam Rendezvous, verehrte die Silhouetten seiner Zuverehrenden und hatte gestickte Quodlibets an seinen Wänden. Er wimmelte überhaupt von feinen Fremdwörtern, und zwar zum Hausgebrauch. Auch zitierte er gern Friedrich Schiller, der so viel von Ferdinand Raimund »angenommen« hat. Vor Grillparzer hatte er weniger Respekt, denn der war doch nie ein richtiger Beamter, wenn er auch schließlich Karriere gemacht hat. Auch war ihm Therese Krones lieber als Charlotte Wolter, denn die war eigens für ihn geboren; übrigens ist die Wolter absichtlich erst nach Biedermaiers Tode aufgetaucht. Die Krones, ja, wie soll ich das sagen? Die Krones hatte eben noch jenes gewisse Haar, aus dem man Uhrketten flicht. Zärtliche Uhrketten, goldblonde oder kupfer-rote etwa, mit goldenen Schließen, Gold Nummer drei; Achtzehn-karätiges gab es damals noch nicht. Biedermaier trug eine feine härene Uhrkette und eine Spindeluhr daran. Nur eine Spindel trug Biedermaier, aber sie hatte einen Kloben im Leibe. Einen jener Uhr-kloben, in die der damalige Graveur sein ganzes Künstlergemüt hineinfiligranierte. Man sammelt sie jetzt, diese damaligen Kloben, und »forscht« über sie.

Im übrigen liebte Biedermaier seine Kanarienvögel wie seine Kinder, den Gugelhupf und den Kunstfeuerwerker Stuwer. Er ap-plaudierte dem damaligen Strauß und hatte noch Beethoven gese-hen. Er trällerte Mozart und schnupperte zuweilen noch etwas, das in der Luft lag; es war der Schubert, aber das wußte er noch nicht. Er war so glücklich, der gute Biedermaier. Sein Jahr bestand aus lauter Namenstagen, die Händearbeit zu großem Teil aus Handar-beiten. Die Faschingskrapfen waren damals so lustig und der Grin-zinger so ungewässert. Das Glacis so gemütlich und die Basteien so nobel. Der Prater so tief und der Kahlenberg so hoch. Der Kaffee so billig und das Pflaster so ideal. Die Zeitungen so rar und die Back-hühner so gar. Und der Stephansturm war noch nicht erklettert und ein Zwanziger war noch Geld. Und vor allem war Biedermaier jung, jung, blutjung. Man wurde nicht alt in Altwien, nur bejahrt. Krankheiten gab es nur so weit als nötig, um die Krankenhäuser leidlich zu füllen. Im übrigen behalf man sich mit Vapeurs und dergleichen, mehr dem alten Hausarzt zuliebe. Schließlich starb man wohl meistenteils, aber in der Regel nur an einem steckengebliebenen Bonmot, beileibe an nichts Ernstem. Und dann, das ist die Hauptsache, Biedermaier war kaum gestorben, so wurde er gleich wieder geboren. Er war unsterblich.

Jahrzehnte vergingen. Wien drehte sich etlichemal um seine Achse. Einmal stand es geradezu auf dem Kopf, aber glücklicherweise nicht lange. Gelegentlich fuhr es aus seiner Haut, ließ sich aber glücklicherweise immer wieder bewegen, in sie zurückzuschlüpfen. Wien ist so, Gottlob.

Eines Tages kamen ein paar Herren, mit Brillen, und sahen sich in Wien um. Dann kamen noch ein paar Herren, auch mit Brillen, und sahen sich auch um. Sie kamen alle aus der Bibliothek und rochen nach Folianten. Biedermaier grüßte sie höflich, denn es waren lauter Professoren und Direktoren, Regierungsräte und Hofräte. Sie aber dankten gar nicht, sondern warfen ihm nur höhnische oder drohende Blicke zu. Dann steckten sie die hohen Stirnen zusammen und zischelten und tuschelten längere Zeit. Hierauf gingen sie in ganz Wien herum und rümpften systematisch die Nase. Sie kamen ungeladen in Biedermaiers Haus und benahmen sich auffallend unhöflich. Sie lachten über die Silhouetten und Quodlibets, ja selbst über die Großvaterstühle und über Großmutters Handarbeiten. Das ist ja die reine Biedermaierei! riefen sie und hielten sich beide Seiten. Sie zupften an der Uhrkette aus geliebtem Haar und schalten seine gestickte Weste, von geküßter Hand gestickt, stillos. Die Familienuhr, die in der Todesstunde des guten Kaiser Franz stehen geblieben war und seitdem nicht mehr ging, nannten sie spöttisch einen Wecker von Anno dazumal. Und den Gugelhupfmodel, der schon vier Generationen erfreut hatte, stellten sie weit hinter einen Lebkuchenmodel aus dem sechzehnten Jahrhundert, im Bargello, zu Florenz. In der Tat, selbst die altehrwürdige Gugelhupfform, der sogar die Türken Reverenz erwiesen, das Klassischeste, was an kanneliertem Gebilde seit der korinthischen Säule geschaffen ist, wurde von ihnen begeifert.

Biedermaier traute seinen Ohren nicht. Sie sagten ihm auf den Kopf zu, er könne einem gewissen Lorenz von Medici nicht das Wasser reichen. Und ein gewisser Tizian habe in seinem ganzen Hause keinen Lehnstuhl mit Wangen gehabt. Und der große Lionardo da Vinci habe mit Recht gesagt, in der Silhouette seien alle Kühe schwarz. Einer von ihnen untersuchte auch Biedermaiers Schädel und fand das Organ für Gehirnerweichung sehr entwickelt. Sie nannten ihn nachgerade Verschiedenes, was mit »T« begann und teils mit »l« teils mit »pp« endete. Sie schlugen sogar vor, ihn unter ästhetische Kuratel zu stellen, und setzten dies bei den Behörden wirklich durch. Dann gingen sie in die Bibliothek und schlugen sehr große Bilderbücher auf, aus denen sie für ihn etwas zusammenstellten, was sie Stil nannten. Sie warfen den Hausrat seiner Eltern und Großeltern hinaus und machten sein Haus stilvoll. Er mußte sich auf eine Bank setzen, von der vor zweihundert Jahren ein gewisser Paul aus Verona aufgestanden war. Sein Bett verzierten sie ihm nach einem Mantelkragen Papst Leos X. Seinen kleinen Handspiegel garnierten sie mit zwei römischen Säulen, zwei Kompositkapitälen, zwei Voluten, einem Tempelgiebel, zwei Zahnschnitten, drei Palmetten, einer Göttin der Schönheit und vier Putti auf Delphinen. Seine Fenster verhüllten sie mit zertrennten alten Brokatkleidern und überzogen die Sofakissen mit morschen Unterröcken aus dem fünfzehnten Jahrhundert. Das alles nannten sie Renaissance.

Biedermaier ließ alles mit sich geschehen, denn die Herren waren ihm zu gelehrt. Aber wenn er nach Hause kam, glaubte er einen Besuch bei wildfremden Leuten zu machen. Bei Italienern da unten, noch dazu bei verstorbenen. Es gab Tage, an denen er sich gar für den leibhaftigen Makart hielt. Biedermaier erkannte sich selbst nicht mehr. Er war in der Tat bereits tot. Biedermaier war in einen Renaissancemaler verwandelt.

Biedermaiers Glück und Ende.

Aber die Welt ist rund und dreht sich; und auch Wien ist nicht viereckig. Wieder vergingen Jahrzehnte. Schöne, lange, stilvolle Dezennien. Von dem seligen Biedermaier hörte und sah man nichts mehr, er schien mit Stumpf und Stiel ausgerottet.

Da wurde eines Tages im Museum der Wiener Kongreß ausgestellt. Die Wiener strömten zusammen, um sich an ihrer damaligen Größe zu weiden. An einer sehr großen Größe in der Tat, denn was ist dagegen die Weltausstellung des Jahres 1900, wo lauter Untertanen und Regierte ausgestellt werden? Und auf dieser Ausstellung traten sie plötzlich in ein Zimmer, wo es ihnen einen Schlag gab, wie wenn man nach dreißig Jahren Fremde wieder ins Vaterhaus tritt. Ins Vater- und Großvaterhaus, wo vertraute Bilder an gewohnten Nägeln hängen. Wo die Sessel ein Gedächtnis haben und die Diwans ein Familienbewußtsein. Wo die Vorhänge noch von lieber Hand gestopft sind und der Tisch seine Kante ein wenig einzieht, um den Vorüberhastenden nicht in die Hüfte zu stoßen. Und da hängt ein Spiegel, vor dem sich nicht Savonarola, sondern der selige Onkel Peter barbiert hat. Und die treue Stutzuhr ist in schlimmen Stunden immer etwas schneller und in guten immer etwas langsamer gegangen, um uns jene zu kürzen, diese zu verlängern. Da sind die traulichen Schränkchen und der mütterlich breitspurige Schubladkasten, ein Fels, mit Furnier überzogen. Und der bombenfeste Sekretär, mit seinen hellen Holzeinlagen und den heimlichen Fächern, das Meisterstück eines Gesellen, den der Großvater hat Tischler werden lassen. Und alle diese Möbel haben sich »nicht gerührt« seit so und so vielen Jahren. Die jetzigen Tischler schütteln die Köpfe: so ein Holz wachse gar nicht mehr, und die jetzige Politur sei nicht zum Stiefelwichsen zu gebrauchen.

Ja, das waren Altwiener Möbel, aus der Kaiser-Franz-Zeit. Anheimelnde, gutmütige Formen, ohne stößiges Schnitzwerk. Nichts, woran man hängen bleibt und sich spießt. Nichts, was reißt und bröckelt und abbricht. Standfest und umfassend, inhaltreich und geläufig. Freundlich gegen die Kinder, verständnisinnig für die Erwachsenen; einladend zur Ruhe, hilfreich dem Fleiß. Keine Denkmäler der Vorzeit, aus Sammlungen kopiert oder von Falschtischlern gefälscht, sondern wirklicher Hausrat, möbelmäßige Möbel. Und dabei noch elegant, dies und das sogar putzig. Überall Einfälle des Tischlers, des Schlossers, des Drechslers. Unerwartete Wendungen, gar nicht verlangte Gefälligkeiten des Möbels, auf die nur das Möbel selbst verfällt.

Und da geschah ein Wunder. Biedermaier war plötzlich auferstanden. Die Wiener standen da und fragten halb verstohlen: Wem gehört dieser Kasten? Ist dieser Tisch nicht verkäuflich? Und die Damen riefen: Nein, wie dieses Altwien reizend ist! Schau, da ist ja ganz unser Toilettespiegel, der noch auf dem Boden steht; gleich morgen lass' ich ihn herunterholen und herrichten. Und sie sahen die Siegelringe an und die Petschaften, und die Spindeluhren und die Quodlibets, und die krausen Dinge unter den Glasstürzen und die kreuzgestickten Ofenschirme. Und ein besonders onkelhafter Kachelofen wurde von vielen Leuten schlankweg ... *nein*, das gerade nicht, aber umarmt wurde er.

Und seitdem ist in Wien ein großes Suchen, Ein Forschen und Fahnden ist nach alten Biedermaiereien. In alle Rumpelkammern leuchtet man hinein, aus Gesindezimmern wird längst Verbanntes in die gute Stube geschleppt, Verwahrlostes wieder instandgesetzt, Zerbrochenes kunstreich ergänzt. Die Trödler der entlegensten Gassen seufzen: Ach, warum haben wir mit all dem Zeug eingeheizt, Anno 1869, als die große Kälte war! Junge Frauen richten sich ein sezessionistisches Boudoir ein, und ihre Männer ein gemütliches Biedermaierzimmer. O ja, Biedermaier wird nächstens schon gefälscht werden. Schon liest man es gedruckt: der Biedermaierstil. Die Museen werden ihn sammeln, die Kunstbücher ihn anerkennen, die Künstler ihn erneuern, fortentwickeln, modernisieren.

Ja, sie tun es bereits!

Denn eines Tages kamen ein paar andere Herren, mit anderen Brillen, und sahen sich in Wien um. Und die einen sagten zu den anderen: Sind wir hier eigentlich in Wien? Und die anderen sagten zu den einen: Es sieht hier eher aus wie in Florenz und Rom, in einem falschen natürlich. Diese Herren kamen nämlich nicht aus der Bibliothek, sondern aus London, Brüssel und jenem Japan, das die Chinesen geschlagen hat, aber nur die gelben. Und einige kamen sogar aus Wien, die waren meistens Künstler und hatten weder Titel noch Glatzen.

Und diese besonders sagten: Es ist doch schade, daß man damals diese natürliche Entwicklung abgerissen hat. Das war doch eine gesunde Sache. Es hat noch heute Sinn und Zweck, und sogar Form. Wollen einmal versuchen, auch so ehrlich und vernünftig zu arbeiten, wie der biedere Biedermaier. Unserem beweglichen Geist brauchen wir ja deshalb nicht die Flügel zu stutzen, und die weite Welt haben wir deshalb doch gesehen. Stoßen wir vom sichtbaren Boden Altwiens ab, um uns zum echten Neuwien hinüberzuschwingen.

Biedermaiers Ende und Glück.

Ein moderner Nachmittag

Ich glaube, es war letzten Sonntag. Oder an einem anderen Wochentag. Es hing nämlich kein Wandkalender in der Stube. Er hätte nicht recht hineingepaßt in dieses weiße Gemach, das rings mit geschliffenen weißen Marmorbrettern vertäfelt ist. Und was oben an Fläche übrig, und die Decke auch, durchaus weißer Putz. Rauhputz, über und über versilbert; lichtfangend, lichtzerstäubend. Ein weißes Viereck aus weißen Vierecken; nur im Estrich wechselten damit schwarze ab. Schwarz ist ja auch weiß; es ist eben das dunkelste Weiß, wie Weiß das hellste Schwarz. Da, dort, ein kleiner Spiegel an der Wand; zu hoch, um hineinzusehen, aber raumspiegelnd wie ein Fenster ins Freie. Da, dort, auch vor jedem Spiegel, ein weißes Figürchen, natürlich von George Minne. Eine Abstraktion in Marmor, eine eckige, spitzige Gebärde von himmelstrebender Jugend, von einem jungen Schmerz, der seinen Namen nicht findet. Oder von einem Egmont, der sich selbst in seine Arme nimmt; was aber Minne nicht weiß. In den Fenstern einzelne Vasen, in den Vasen einzelne grüne Gewächse, zwischen ihnen eine kleine Marmorwiederholung von Rodenbachs Grabdenkmal. Dieses wehe Weib, in den langen Linien seiner Qual. Oder etwas anderes, aber von Minne auch das. Süß ist es nicht in diesem weißen Gemach. Auch Schnee ist nicht süß. Schnee ist herb und kalt, doch eine Abreibung damit macht warm. (Sage ich Snob.) Darum erkältet diese kleine weiße Welt nicht. Man sieht nur jeden warmen Hauch in ihr besser. Jeden leisen Schimmer schlau verborgener Glühlichter; am Fenster etwa, in Versenkungen, daß draußen, hinter Gefältel weißer Vorhänge, die Sonne aufzugehen scheint, stundenlang. Anspielung, Vorspiegelung, auch diese Fenster der Fensterwand. Gurten unten an den Scheiben, um sie herunterzulassen oder hinaufzuziehen, wie in einem Salonwagen des Nizza-Expreß. Wir sitzen in diesem Salon wie in einem weißmarmornen Pullman, der unhörbar rollt. Wir sind gar nicht mehr Karl-Ludwig-Straße Nr. 45, sondern Genua vorbei. Schweben die Riviera hinan. Unvermerkt und geräuschlos gleitet dieser weiße Salon (Josef Hoffmann hat ihn gebaut, im Hause Wärndorfer) ... gleitet dahin durch eingebildete Zonen.

Große Gesellschaft darin. Berühmte alte Herren, auch vom Burgtheater; witzige Köpfe von Wien; Meister der äußersten Kunst.

Elegante Damen; jung und schlank, etliche von Klimt gemalt, in seinem neuen Juwelenstil, zwischen kristallisierten Goldwolken. Man sollte sie wirklich einmal alle einladen und ringsum ihre Bildnisse vom Klimt aufhängen. Einer tat es, der hieß Hans Makart. Diese Unmöglichkeiten von Wirklichkeit, humanisierten Mosaikdekor, der von mannbaren Nerven flimmert. Niemals sind Damen ähnlicher gemalt worden und waren doch gar nicht gefaßt darauf. Und er war gar nicht verpflichtet dazu. Er phantasierte über sie und sie lebten sich in seine Phantasien hinein. Sie waren, was sie wurden, und wurden, was sie sind. Traum ein Leben, Leben ein Traum. Es muß ja nicht alle Tage Alltag sein ... Von der versilberten Decke rieselt es magisch auf sie nieder, Mondenschein flirrt um weiße Schultern, Schatten schleichen auf Schleichwegen. Bernsteingelb blicken Augen, Haare dunkeln blau, violett, goldbraun. In seidenen Stoffen knistert es elektrisch, Formen verfließen hingeschmiegt, es plaudert, lacht ... was plaudert? was lacht? Es munkelt ... Reisegesellschaft in Reisestimmung ... Peer Gynt reist mit seiner Mutter ins Blaue. Wohin die Fahrt? Ins Unbestimmte, zwischen Irgend und Nirgend ...

Musik. Auf dem mattbunten Teppich tanzen zehn nackte ... Zehen. Schwarzer Faltenwurf zuckt hin und wieder. Schwingt und ringelt sich, wogt dahin. An langen Schnüren schwanken leise klirrende Dinger. Aus kühnen Schlitzen blitzt es blendend weiß ... Blanke Beine, Arme. Schlangenschlanke Arme, lange weiße Hände, noch längere, weißere Finger. Unendliches Geranke; Dehnungen, Windungen, Wendungen ... Plötzlichkeiten, Tollheiten, das Unerwartete an Rhythmus, an Akkorden der Bewegung. Priesterinnentanz des Ostens, beseelt bis zur Entseelung, zusammensinkend in andächtiger Erstarrung. Ungarischer Zweivierteltakt, gebunden und losgebunden um die Wette, mit Fersen jauchzend und mit Ellbogen trillernd, Vibration, Fieber, Zymbal, Brahms. Und wieder der freie phantastische Tanz, aus dem Ungenannten heraus, in das Unnennbare hinein, der Rhythmus um des Rhythmus willen, Eingebung, wie sie nur lange, schlanke Menschen haben können mit unerschöpflichem Barschatz federnder Kräfte und lauernder Geschmeidigkeit.

Das heißt ... Was nicht darin ist, kann man hineinträumen. Wozu wäre man der Snob und besäße die Kraft, sich etwas einzureden?

Wir heißen heute Snob, wie jene niederländischen Freiheitskämpfer Geusen hießen. Als Schimpfwort war es vermeint, zum Ehrenwort ist es geworden. Edle Wassergeusen sind wir, die ein spanisches Joch abgeschüttelt haben. Wer nicht verkalken will, der ist ein Snob, nicht wahr? Lachhafter alter Snob mit seiner unverknöcherbaren Suggestibilität! Klingt das Wort nicht wie ein trillernder Lauf die Klaviatur hinan? Warum sollte ich dafür puristisch Beeinflußbarkeit sagen, das mich nur an Flußschiffahrt und dergleichen Kurstafelbegriffe erinnert? Snob mit Snöben ... und mit frischen, rosigen, weiß oder rotrosigen Snöbinnen ... *for ever!* In dem weißen Gemach die schwarze Dame, tanzend. Die hohe schlanke Form mit den langen, träumenden, eingelullten, wieder ausgelullten, jäh erwachenden Gebärden. Miß Macara, Schottländerin, in Boston erzogen, Tanznatur, aus eigenem ihren Ausdruck suchend, wahrhaftig schon findend. Warum sie sich nicht für eine Siamesin ausgibt! Oder für eine Kambodschanerin! Wie andere Amerikanerinnen von Gott weiß wo. Sie ist ja so ein Wesen, aus Ländern, wo die roten, weißen, schwarzen Pfeffer wachsen. Mit einem Kopf, und einem Gesicht davor, wenn sie tanzt, wird es medusenhaft starr, schlangenbannend, eine hieratisch unheimliche Maske, wie Japaner sie vorbinden, Antlitze aus Gespensterland. Diese monumentale Starre liegt auf ihren Zügen wie ein Geheimnis. Tempeldienerin des chromgelben Götzen mit den vielen langen Armen und Beinen, die sie nach Bedarf von ihm borgt. Wenn sie ihm tanzt, tanzt sie mit etlichen seiner vielen Füße, an denen die Zehen wachsen und schwinden, wie die Finger an ihren langen, langen Händen, wie die Knospen an fein dornigen Rosenzweigen. Rodin hat solche Kambodschanerinnen stenographiert, in rasch fließenden Wasserfarben, und Klimt könnte Macara umschreiben mit seinem schnellen Stift, dem umrißertappenden. Vielmehr umgekehrt. Macara könnte Klimt tanzen, eher als andere einen angeblichen Goethe oder Sophokles. Was in seiner Welt spukt, dieser Dämon mit dem Reiz der gefallenen Engel, das reizt Macara und füllt ihre Wachträume. Die elektrische Spannung der Luft, in der er lebt, ist ein neues Element für sie. Diese sinnliche Beseelung der Natur, der bürgerlichen Welt sogar; statt des faden Nervengeklimpers vielzuvieler Auchmoderner, der einheitlich starke Nervenstrom eines großen Einfachen. Wie Rodin einer ist und selbst der komplizierte Whistler einer war. Nur Klimt und Rodin haben diese Atmosphäre um sich. Diese Photosphäre lebendiger

Nervenwirkung, aus deren Flammenwirbel nichts mehr fort kann, was einmal hineingeraten.

So saßen denn in dem weißen Saale die Damen, die Klimt gemalt hat, und vor ihnen tanzte das fremde Mädchen, das Klimt gewiß malen wird. Ihr Tanz wird ihm etwas sagen; vermutlich das nämliche, was seine Bilder ihr gesagt haben. Dem Tanztrieb in ihr, wie sie dem Maltrieb in ihm. Vielleicht auch nicht. Es gibt Genies, die in einer Nacht auflohen und niederbrennen, wie ein Johannisfeuer. Und andere sind Dauerbrandöfen und verschlingen zahlreiche Vermögen an Heizstoff. Briketts, welche bei den übrigen Menschen Bismarck heißen oder Aeroplan, oder Nobelpreis, oder Macara. Moloch Genie, mit was allem wirst du geheizt!

Ein Servierbrett schwankt vorüber. Flüssigkeiten, die aussehen wie aufgelöste Topase und geschmolzener Chrysopras. Nichts davon! Hier, dieser neue Likör. Himmelblaue Chartreuse, nach all der gelben und grünen, in der die Vorwelt ertrunken. Kein Scherz. Der Fabrikant verlangte von der »Wiener Werkstätte« Flakons und Etiketten nie dagewesener Art. Nichts ist der W. W. geläufiger als das Niedagewesene. Nur meinte sie, dazu gehöre nun auch ein Likör von unerwarteter Farbe. Und siehe, es entstand ein Schnaps, der war himmelblau. *Color dell'oriental zaffiro*, sagt ein anderer Geisterbrauer. Von der blauen Blume zum blauen Benediktiner, welch trivialer Niedergang! wird der Anti-Snob höhnen in seiner ausgerechneten Allsicherheit.

Der schwarze Tanz auf weißem Grunde ist aus, man begibt sich in die gute Stube. Denn das war er noch nicht einmal, der Pullman-Hoffmann-Salon von weißem Marmelstein. Noch lange nicht. Im allgemeinen ist er bloß Speisezimmer. Der anstoßende Salon ist ... Ja, was ist dieser Salon der Salone im hochwohlmodernen Neuwien? In London kaufte die Öffentlichkeit das Haus des Mr. Jonides, diesen neu-antiken, antik-modernen Jugendtraum Voyseys. Und für das Kensington-Museum wurde das kunst- und streitberühmte Pfauenzimmer erworben, im Hause des Schiffsreeders Leyland, für den es Whistler geschaffen. In jenes Museum käme dort auch dieser Salon im Hause Wärndorfer, denn er ist ein Haupt- und Meisterwerk der Gruppe Mackintosh in Glasgow. Als er entstand, hing unser Wiener Himmel voll Geigen. Lauter Amati und Stradivari, und lauter Engelchen spielten darauf; der Professor der Akustik an der Universität Wien erklärte ja daraus (endlich!) die Sage der Sphärenmusik. In jenen schönen Tagen, als in unserer Secession alle Knospen knallend sprangen, da stellten auch Mackintoshs jenen gewissen Salon aus. Wo einem silbern und grasgrün vor den Augen wurde ... sagte Anti-Snob und hielt sich die Seiten. Er hält sie sich noch immer, obgleich seitdem Mackintoshs in der Kunstwelt als »Tat« anerkannt sind. Als Beweis, daß es doch mitunter etwas Neues unter der Sonne gibt. Damals ging Herr Wärndorfer nach Glasgow und Mackintoshs kamen nach Wien, und daraus wurde alsbald dieser Salon. Mir allem Um und Auf an Einrichtung und Aufmachung. Nur der breite Fries kam erst vor zwei Jahren nach. Ein gestickter Fries sollte es zuerst werden; die dachten gewiß an Stickerei mit Fäden des Altweibersommers und mit Siriusstrahlen und Scharpie aus Königin Mabs Courschleppe. Glasgow ist bekannt als solche phantastische Stadt. Schließlich wurde es ein Fries aus »Gesso«, wie die Engländer diese Art Hartgipsmischung nennen. Maeterlinck-Szene. Sieben Prinzessinnen, die den Prinzen erwarten. Der kommt und findet die Braut tot. Über die Tote gebeugt, weinen sie alle, der Prinz und die sechs Prinzessinnen. Märchenhaft weinen sie, in einer unbestimmt graulichen Harmonie, einer mausgraufahlweißlich schwimmenden, durcheinander spielenden Tonfolge. Ruhig wie ein alter Gebetteppich aus Morgenland, auf dem tausend Jahre lang gebetet worden, kniend mit Knien, mit Handflächen und mit Stirnen. Und stellenweise glitzert und gleißt es von Perlmutterspänen, flinserlweise, wie von Opalsplittern und eingesprengtem Chalcedon oder Labrador. Und die trauernden Gestalten neigen sich, wie Rohr im Winde, und ihre Linien hasten in stilistischer Starre wie appliziert. Und spinnen sich ornamental aus, in jenen weit geschwungenen Kurven und straff gezogenen Drähten ... wahrhaftig, in einem Drahtstil einer elektrotechnischen Welt, die kreuz und quer von Drähten umsponnen und durchzogen ist. Stromleitungen für Gott weiß was, auf Draht gezogene Allwissenheit, Allmacht, Allgegenwart.

So weinen die Sieben im Fries und ihre Tränen fallen. In langen, schwellenden Tropfen, rings im ganzen Gemach. Die stilisierte Träne als Leitmotiv der ganzen Ausschmückung; jeder springende Punkt im Ornament diese Träne. In einer Tropfsteingrotte ist kein

Fünfuhr denkbar, in diesem weißen Tränensalon sitzen die Damen auf ganz niedrigen, hochlehnigen Stühlen und kommen sich wie Prinzessinnen vor, wie die lebengebliebenen natürlich. Und in den lauschigen Sitznischen, den *cosy corners*, stecken sie die wagenradgroßen Federhüte zusammen, wie gemalt oder gestickt. Wie Wesen von anderswoher, die nur Taufnamen haben und von Tag zu Tag jünger und schlanker werden, und bieg- und schmiegsamer und mackintoshischer. Warum nicht? Muß denn alle Tage Alltag sein? Lassen wir uns entrücken, wenn sich ein Künstler die Mühe nimmt. Spielen wir Entrückung. Guter Wille ist alles. Königreich Apfelsinia ist so nah. In diesem Mackintoshzimmer ist ein großes Problem gelöst. Das Ungewöhnliche behaglich gemacht, das Neue anheimelnd. Es zieht einen ins Vertrauen, man weiß nicht wie. Das Auge folgt von selbst jeder leisen Biegung der Linie, jeder kaum merklichen Neigung der Flächen, denn es fühlt darin das Gefühl eines anderen Menschen. Alles kommt da aus dem Empfinden, bei allem ist gesonnen, geträumt, gedacht worden. Der Stoff ist ganz durchmenschlicht, eine Seele ist hineingelegt. Über die Umkleidung dieses Klaviers ließe sich eine Broschüre schreiben, aber man spürt, wenn man die Feder ansetzt, wird es ein Gedicht sein. So eine Umluft von Poesie ist um alles, so eine Sachenverklärung. Der Wohnraum des Menschen ist wieder ein Lebensraum geworden. Seine vier Wände wieder seine Welt. Es ist darin Abstreifung seiner Bande und zugleich Begrenzung seiner Wünsche. Jede Linie leitet in das Unabsehbare, und zugleich rücken Traumfernen in den Bereich pflückender Finger. Diese Kunst macht den Menschen menschlicher, stärker, gesünder, in sich abgeschlossener.

Sie lehrt ihn, sich über das Leben hinwegzusetzen, um es sicher zu gewinnen. Je lockerer er die Dinge hält, desto treuer haften sie an ihm. Drei Menschenalter ächteten den Traum und klammerten sich an die Wirklichkeit. Darüber verflüchtigte sich diese, und nie war mehr Aberglauben in der Welt als in jener Realienzeit. Soziales, wirtschaftliches, politisches, rassenpsychologisches, wissenschaftliches Vorurteil. Wie lange ist denn eine Wirklichkeit wirklich? So lange wie, nach Ibsen, eine Wahrheit. Ewig ist der Traum. Einer Fähigkeit des Träumens ist nun wieder Spielraum gegönnt. Es ist wieder erlaubt, Phantasie zu haben, in Stimmung zu leben. Wir sind wieder eine gestimmte Menschheit, das Leben will wieder schön werden.

Und es kommen schon stellenweise Nachmittage vor, an denen es ihm gelingt.

Das »Badener Fragment«

Die Welt war also wieder einmal untergegangen. Ein unvorsichtiger Komet, als dessen Bestandteile die Spektralanalyse Petroleum, Nitroglyzerin, eine Anzahl sanierungsbedürftiger Aktien und ein nicht schwedisches Zündhölzchen nachwies, hatte sie in einen wüsten Trümmerhaufen verwandelt. Zehn Jahrtausende waren dann über diese Weltruine hingegangen, bis aus ihr nach dem Ausdrucke des renommierten Propheten Jesaias Schiller »neues Leben sproßte« und hundert Meter hoch über der lebendig begrabenen Vergangenheit wieder eine lebendige, gegenwärtige Gegenwart erblüht war.

Soviel als unentbehrliche Vorbemerkung.

Im Jahr des Heiles 11872 nun ereignete es sich, daß in einer Stadt, welche genau hundert Meter über dem ehemaligen Baden (bei Wien) stand, ein artesischer Schwefelbrunnen gebohrt wurde. Der Bohrer brachte ein stark angesengtes, beinahe dunkelbraunes Stück Papier ans Tageslicht, das Bruchstück eines Badener Zeitungsblattes, das hier, um so allgemein als möglich zu sprechen, »Badener Kurzeitung« genannt sein möge.

Das ganze Druckwerk hatte noch keinen halben Quadratmeter Flächeninhalt und war auf der einen Seite mit Ankündigungen bedeckt. Zehntausend Jahre früher hatte man es vermutlich als wertlos weggeworfen, im Jahre 11872 aber brachte es die ganze gebildete Welt in die lebhafteste Aufregung. Man hatte bis zu dem Zeitpunkte dieses Fundes nicht die leiseste Ahnung davon gehabt, daß vor einer kaum noch mit Sicherheit berechenbaren Reihe von Jahren an diesen selbigen Stätten, nur um hundert Meter tiefer, schon ein Menschengeschlecht gelebt habe, und zwar ein verhältnismäßig nicht ungebildetes, von dessen ehemaligem Vorhandensein nun der erstaunten Menschheit die erste Kunde zukam, ein unbezweifelbares, sozusagen rechtsgültiges Dokument, schwarz auf weiß, ja allem Anscheine nach gedruckt.

Das »Badener Fragment« so nannten die gelehrten Kreise dieses Schriftdenkmal bildete das Tagesgespräch der ganzen Welt. Der Landesarchivar, der ordentliche öffentliche Professor der Epigraphik, der Staats-Historiograph und drei Chemiker traten im Auftrage des Unterrichtsministeriums zusammen, um das »Fragment« zu reinigen und zu entziffern. Dann wurde es nach allen modernen Verfahren vervielfältigt, um es den Gebildeten der ganzen Welt unverweilt zugänglich zu machen. Es wurde autoheliographiert, lithophonotypiert, elektrozinkoradiert, hydrofaksimiliert usw. und in diesen Nachahmungen über den Erdball versandt; alle gelehrten Gesellschaften aber erhielten ein sogenanntes mikrochromatisches Galvanimprimoklischee, welches das Fragment mit absoluter chemischer und mikroskopischer Genauigkeit mechanisch wiedergab und daher als verläßliche Grundlage für wissenschaftliche Untersuchungen dienen konnte.

Was den glücklichen Finder betrifft, wurde er von den Zeitungen und Dichtern als ein Columbus gefeiert, der eine neue, das heißt alte Welt entdeckt habe, er bekam die höchsten Orden aller Kulturstaaten und wurde zum ganz außerordentlichen Ehrenmitgliede der meisten gelehrten Gesellschaften ernannt.

Dank der Hilfsmittel der modernen Dokumentochemie (so nannte man diese erst kürzlich ausgebildete chemische Technik) war also vorderhand das Notwendigste getan; das »Badener Fragment« war, wie sich der hochverdiente, greise Präsident der Gesellschaft für Altertumskunde bei der festlichen Vollversammlung des Jahres 11872 ausdrückte, »unverlierbar gemacht«. Die Welt konnte es nicht wieder einbüßen, da es sozusagen allgegenwärtig geworden war. Desto größere Schwierigkeiten bot die Entzifferung des Textes. Das »Badener Fragment« (die Benennung *papyrus Badensis* wurde auf der epigraphischen Wanderversammlung des Jahres 11873 aus inneren Gründen endgültig abgelehnt) war nämlich in einer Sprache verfaßt, welche niemand mehr verstand. Etruskisch war im Vergleich zu diesem rätselhaften Idiom eine Allerwelts-Muttersprache. Umsonst verbohrten sich sämtliche Gelehrte der Welt in das Fragment und boten die ganze Schärfe ihres Geistes auf, um diese Geheimschrift zu lesen; sogar die Physiologen und Mathematiker machten sich daran, die ersten, indem sie das moderne Gehirn mikroanatomisch in eine entlegene Vorzeit zurückkonstruierten, um dadurch auf dessen damals mögliche Ausdrucksmittel Schlüsse zu ziehen, die zweiten, indem sie auf Grund einer gewaltig fortentwickelten philosophischen Arithmetik höchst verwickelte Wahrscheinlichkeitsberechnungen über die Bedeutung der einzelnen Schriftzeichengruppen aufstellten.

Alles vergeblich. Zuletzt kam Hilfe von einer Seite, woher die Gelehrten sie am allerwenigsten erwartet hatten, nämlich aus der »fünften Dimension«. Ein berühmter amerikanischer Spiritist nämlich, Mr. Post Hume, der seit langer Zeit als Medium eines verstorbenen, ehemals angeblich berühmt gewesenen Professors, namens Zöllner, gedient hatte, wußte diesen vorzeitlichen Geist durch potenzierte Nervenkraft (von den Spiritisten des zwölften Jahrtausends »konzentrierte Willenssäure« geheißen) dazu zu bringen, daß er ihm gewisse philosophische Andeutungen gab, auf Grund deren sich der verhüllte Text, wenn auch nicht ganz, so doch teilweise lesen und übersetzen ließ. Die Zöllnerschen Aussagen wurden von dem Medium in einem Büchlein gesammelt, welches den Titel »Mr. Post Humes Catechism« führte und der Schlüssel zur »Badener Sprache« der Grundstein aller weiteren Forschungen, wurde.

Nun erst konnte die gelehrte Welt darangehen, aus dem leider gar zu spärlichen Inhalte des Fragmentes ein einigermaßen abgerundetes Bild jener untergegangenen Welt aufzubauen. Die gemeinsame Arbeit so vieler erleuchteter Geister blieb denn auch nicht ganz ohne Erfolg. Schritt für Schritt entrollte sich vor den Augen der aufs höchste gespannten Welt das überraschende Gemälde einer plötzlich erstickten Zivilisation, eines märchenhaften Welt-Pompeji. Einer nach dem anderen nahmen die scheintoten Buchstaben wieder Leben an und begannen verständlich zu reden, eine bisher ungeahnte Vorzeit rührte ihre seit einem Jahrzehntausend gelähmte Zunge, und die ganze Gegenwart stellte sich nun dar wie ein ungeheures Palimpsest, unter dessen neueren, allgemein lesbaren Zeilen sich eine verworrene, kaum noch erkennbare erste Schrift schattenhaft hindurch schiebt.

Das Interesse an dieser schrittweisen Enthüllung war um so höher, als niemand daran zweifelte, daß man hier direkt auf die Hauptstadt der einstmaligen Welt gestoßen sei. Vor allem schloß man dies aus dem Kopfe des Blattes: »Badener Kurzeitung«, da die Leuchten der modernen Philologie übereinstimmend erklärten, »Kur« bedeute Hof, »Kurzeitung« sei also gleichbedeutend mit Hofjournal, Baden sei also offenbar Residenz und Staats-, das heißt

Welt-Mittelpunkt gewesen, letzteres weil der Mangel jeder anderen Spur, als dieser einen, schlechterdings zur Annahme zwinge, daß die ganze Welt damals einen einzigen Staat bildete. Und zwar sei dieser Staat offenbar ein Kleinstaat gewesen, wie sich aus der Erwähnung eines »Herzogsbades« von selbst ergebe, während das »Fragment« nirgends ein Kaiser- oder auch nur Königsbad nenne. Der damalige Weltstaat dürfte folglich nicht mehr als ein Herzogtum gewesen sein, dessen Herzog in Baden glänzend Hof hielt, daher denn auch die »Kurzeitung« (Hofjournal) gelegentlich eines »Kursalons« (vielleicht herzogliches Palais?) und selbst einer »Kurmusik« (Hofmusik) gedenkt. Nach einer Stelle des Fragments, wo vom »Badener-Verschönerungsverein« die Rede ist, nahm man ferner an, daß Baden nicht nur die größte, sondern auch die schönste Stadt des damaligen Erdbodens gewesen sei, in der das Verschönerungs-Interesse jedes andere überwog. Als man zu dieser Erkenntnis gelangt war, entstand über jedes Wort des »Fragments« eine ganze Literatur, und die Flut der betreffenden Publikationen schwoll mit der Zeit ins Unendliche.

Denn je tiefer man in die Geheimnisse dieser unterirdischen Welt einzudringen vermeinte, desto mehr bewunderte man die die Höhe jener Kultur, deren stummberedter Zeuge das »Fragment« war, und nachgerade wurde es Sitte, alles, was mit Baden im Zusammenhange stand, »klassisch« zu nennen. Der gelehrte Ästhetiker Dr. Franz Band z. B. schrieb ein »Lehrbuch des klassischen Stils« dessen Regeln er aus fünfundzwanzig im »Fragmente« enthaltenen Zeilen eines telegraphischen Berichtes über den Schwindelprozeß Kuffler ableitete. Dieser Bericht sei, wie er klar bewies, ein nationales Epos der Vorwelt, von dem leider nur fünfundzwanzig Zeilen erhalten seien, an denen er jedoch deutlich nachwies, daß es nicht von einem einzigen Dichter herrühren konnte, sondern aus mehreren zu verschiedener Zeit entstandenen Elementen zusammengesetzt sei. Die epischen Gedichte hätten damals »Telegramme« geheißen und der Name des gefeiertsten Epikers scheine »Korrespondenz-Bureau« gelautet zu haben. Das »Telegramm Kuffler«, unter welchem Titel man nach seinem Vorgang dieses epische Bruchstück in die Literaturgeschichte einreihte, wurde alsbald zum beliebtesten Deklamationsstück bei wohltätigen Akademien, auch erschien es in zahlreichen Übersetzungen und von Künstlerhand illustriert in stattlichen

Salon-Prachtausgaben. Aus demselben Bruchstück entwickelte aber ein anderer Gelehrter, der gefeierte Rechtslehrer Professor Schartecius, mit seinem sattsam bekannten Scharfsinn ein ganzes »System der klassischen Rechtspflege«; der berühmte Advokat Dr. Item machte aus dem Epos einen Auszug, der einen Oktavband unter dem Titel: »Forensische Beredsamkeit der klassischen Vorzeit« bildete.

Die Sprache des »Badener Fragments« wurde natürlich auch als Grundlage der klassischen Studien allgemein angenommen und in allen Mittelschulen obligat vorgetragen; sie wurde zum Hauptstudium der Humaniora und es baute sich auf ihr eine ganze klassische Philologie auf. Diese ging so scharf ins Einzelne, daß beispielsweise ein heftiger Gelehrtenstreit (sogenannte »Polemik«) darüber entbrannte, ob »die Alten« die Präposition »ohne« mit dem Dativ oder mit dem Akkusativ konstruiert hätten, und eine ganze Flugschriftenliteratur über die Frage entstand, ob das Wort »Gas« weiblichen oder sächlichen Geschlechts gewesen sei, welches aber schließlich, wie die Gelehrten sagen, »kontrovers« das heißt unentschieden, blieb.

Auch andere Wissenschaften blieben nicht zurück. Der maßgebende Meteorologe des zwölften Jahrtausends, Herr Direktor Parapluvius, schrieb ein großes Tabellenwerk in Folio über das Klima Badens, dessen Hauptergebnis der berühmte Nachweis war, daß »die Alten« ihren strengsten Wintermonat im Juli gehabt haben müßten, da eine Kaffeehausanzeige des »Fragments« unter diesem Datum »täglich frisches Eis« ankündige. Einer der namhaftesten Zoologen, Professor Gorillenfänger, verfaßte ein aufsehenerregendes Spezialwerk über die Enten der alten Welt, welche, wie er aus der Ankündigung der Operette: »Die Ente mit den drei Schnäbeln« unwiderleglich bewies, mit nicht weniger als drei Schnäbeln ausgestattet waren, woraus nach dem Darwinschen Anpassungsgesetz hervorzugehen scheine, daß bei den »Alten« die Produktion von Spülicht und Abfällen eine dreimal so große gewesen sei wie heute. Er stellte dabei den schwerlich anzufechtenden Satz auf: »Mehr Abfälle, mehr Schnäbel« (ein Satz, der in der Folge geradezu ein Sprichwort wurde), und erhob es zur höchsten Wahrscheinlichkeit, daß auch die Enten der »Alten« ursprünglich nur einen Schnabel hatten, daß aber, als sie mit diesem die stetig wachsende Menge der

Abfälle nicht mehr bewältigen konnten, im Laufe der Jahrtausende erst ein zweiter und schließlich gar ein dritter Schnabel sich entwickelt haben müsse, vorderhand wohl nur bei einzelnen, besonders bevorzugten Exemplaren, für welche Seltenheit der Umstand spreche, daß man ein solches Geschöpf sogar zum Titelhelden eines Dramas machen durfte. Nebenbei gesagt, waren gerade die Anschauungen über die dramatische Literatur des untergegangenen Baden ziemlich einseitige, denn außer der besagten Operette fand sich im »Fragment« nur noch ein dramatisches Werk flüchtig erwähnt, und zwar »Die Probiermamsell« von O. F. Berg. Der Titel dieses Stückes blieb trotz vieler gelehrter Untersuchungen vollkommen rätselhaft, doch nahm man allgemein an, daß es das Werk eines großen Meisters gewesen sein müsse, da im »Fragment« sogar eine Badener Bergstraße erwähnt werde, die offenbar nach dem Dichter der »Probiermamsell« benannt gewesen sei.

Bedeutendere Erfolge hatte die Forschung auf medizinischem Gebiete aufzuweisen. Ein hervorragender Kliniker, Professor Dr. v. Zipperlein, schrieb ein epochemachendes Buch über die Krankheiten der »Alten« Als Material dafür dienten ihm aus dem »Fragment« ein Bericht über den Stand der Cholera, eine Notiz über den Ball des Friseur-Krankenvereines, eine Gerichtsverhandlung wegen schwerer körperlicher Verletzung und eine Ankündigung von Alpenkräuter-Magenessenz. Aus alledem schloß er, daß bei »unseren klassischen Vorfahren« die Cholera, die Friseurkrankheit, schwere körperliche Verletzungen und Magenbeschwerden die Hauptkrankheiten gewesen sein müßten, von denen »heutzutage die Friseurkrankheit gar nicht mehr als spezifische Berufskrankheit vorkomme; sie sei vermutlich ein dem Weichselzopfe ähnliches Übel gewesen«.

In eine förmliche Bestürzung wurde die gelehrte Welt versetzt, als eines Tages der große Differenzial-Philolog (ein neuer Zweig der Sprachwissenschaft) Professor Dr. Spaltewoort im »Fragment« die verblüffende Entdeckung machte, daß die »Alten« keineswegs ein einziges Volk gewesen sein könnten, da in dem »Fragment« unverkennbare Spuren einer zweiten Sprache und zwar mit eigenen Schriftzeichen vorkämen. Diese Zeichen wären weit mehr gerundet als die anderen und fänden sich besonders dicht in einer Ankündigung, welche mit den bis jetzt nicht übersetzbaren Worten beginne:

Grand cirque miniature. Es fanden sich in dieser, offenbar uralten Sprachreliquie nicht weniger als neununddreißig Wörter in solcher Schrift; jahrzehntelang beschäftigte sie die ersten lebenden Philologen, ohne daß man in ihrer Deutung einen Schritt vorwärts kam. Man verzichtete später ganz und gar auf die Entzifferung dieser Stellen, und es gewann die Annahme Oberhand, daß man es hier mit einem typographischen Vexierscherz oder mit einem unlösbaren Problem nach Art des Perpetuum mobile und der Quadratur des Zirkels zu tun haben möchte.

Überhaupt mußte sich die gelehrte Welt mit einigem Erröten gestehen, daß ihr ein großer Teil des »Fragments« trotz aller daran gewendeten Weisheit ein Buch mit ungefähr sieben Siegeln blieb.

So zerbrachen sich z. B. die besten Köpfe den Kopf über die Bedeutung zweier Zahlenreihen am Fuße des Blattes mit der Überschrift: »Lottoziehungen.« Was eine Lottoziehung sei, wußte niemand. Man kam schließlich überein, diese Ziffern als kabbalistische Zahlen zu betrachten, welche einen dunklen Fleck im geistigen Gesichtskreise der »klassischen Zeit« bezeichnen und wohl überhaupt keinen Sinn gehabt haben mögen. Ebenso dunkel war lange Zeit der Sinn einer kleinen Anzeige über »1839er gezogene Serien, auf welche ein Treffer entfallen müsse« wobei auch noch von »Türkenlos-Gesellschaften zu 20 Teilnehmern« die Rede war. Als man sich das durchaus nicht erklären konnte, kam der geistvolle Professor der Philologie, La Pronommeraye, auf die Vermutung, der Text müsse da »korrupt« sein (die Philologen heißen das so) und erst »kritisch emendiert« werden. Er unternahm auch diese Emendierung sofort mit glänzendem Erfolge, indem er das »er« von »1839« wegließ, als »offenbar auf dem Irrtum eines Kopisten beruhend«. Dies brachte sofort neues Licht in die Sache, besonders als nun eine anerkannte militärwissenschaftliche Autorität, Oberst von der Trense, die »Serien« für eine Gattung Gewehre erklärte, deren also der Text 1839 Stück, und zwar mit gezogenen Läufen, erwähne. Er begründete diese Meinung unter anderem mit dem Hinweis auf die »Treffer«, welche diese »Serien« machen müßten. Nun war der Fall soweit klar. Es blieben aber noch die »Türkenlos-Gesellschaften zu 20 Teilnehmern« zu erklären. Hier brachte ein bahnbrechender Sportsmann auf die richtige Spur, indem er auf eine arg verstümmelte Depesche, vielleicht aus Prizren oder Djakowo, hinwies, von der nur noch die zwei Worte lesbar waren: »Türken erschossen.« Im Wege einer ebenso kühnen als einleuchtenden Kombination stellte er nun die Hypothese auf, es müssen bei den »Alten« Schützengenossenschaften gegeben haben, welche als Scheibe, wenn sie nämlich zum Sport mit solchen »gezogenen Serien« nach der Scheibe schossen, das Bild eines sogenannten »Türken« (vermutlich ein häufiges Jagdtier) benutzten. Eine Gesellschaft von zwanzig Personen also, um den Türken das ihnen gebührende Los zu bereiten! Es muß zugegeben werden, daß gewissen skeptischen Personen diese Erklärung nicht recht geheuer vorkam, da man aber keine bessere Deutung erzielte, erlangte sie trotzdem das Bürgerrecht in der Wissenschaft.

Lange tappte die gelehrte Welt auch hinsichtlich der Religion der »Alten« im Dunkel. Endlich erhielt sie Aufschluß durch folgende Stelle im »Fragment«: »Hotel zum grünen Baum. Heute, Freitag, großes Konzert der berühmten Nationalkapelle Fekete Janos und Sohn. Anfang 7 Uhr.« Hieraus ging mit Sicherheit hervor: 1. daß es in Baden eine eigene Nationalkirche gegeben habe, welche sich (vermutlich aus Demut) nur Nationalkapelle nannte, 2. daß der Gottesdienst »Konzert« geheißen, 3. daß der Sonntag auf den Freitag gefallen und 4. daß die Kathedralen der »Alten« den Namen »Hotel« geführt haben. Strittig blieben nur die Worte »Fekete Janos«; manche Theologen hielten sie für den Namen des Hohenpriesters, der also, da auch von seinem Sohne die Rede sei, dem Zölibat offenbar nicht unterworfen gewesen; mehrere namhafte Professoren der »klassischen« Mythologie wollten dagegen in »Fekete Janos und Sohn« einen göttlichen Dual erblicken, welcher bei den »Alten« verehrt worden sei.

Wir sind leider nicht gelehrt genug, um der weit fortgeschrittenen Wissenschaft des Jahres 11872 auf alle die Gebiete des alten Baden zu folgen, welche sie mit Hilfe des »Badener Fragments« der Reihe nach beleuchtete und systematisch wieder erstehen ließ. Jedoch befriedigt uns schon das Bewußtsein, daß infolge der Auffindung dieses Bruchstückes die spätesten Jahrtausende unser liebliches Baden als die Hauptstadt des Universums, als den Mittelpunkt der Zivilisation einer längst untergegangenen Vorwelt, als den Brennpunkt des geistigen und materiellen Lebens einer todesverblichenen Gesamtmenschheit ansehen mußten. Wer jemals im reizenden

Helenental einen Sommer verträumte, wird gewiß die Befriedigung teilen, welche wir darob empfinden, ... oder vielmehr empfinden *würden*, wenn der eingangs analysierte Komet uns wirklich in den Grund gebohrt und von der jetzigen Welt nichts übriggelassen hätte als das »Badener Fragment«.

Russische Gedanken eines Kunstfreundes

Wenn ich Kunsthändler wäre, weiß ich, was ich jetzt täte. Ich ginge nach Rußland und wäre sicher, meinen Schnitt zu machen. Übers Jahr wäre ich Millionär, über zehn Jahre Milliardär; Billionäre und Billiardäre gibt es ja nicht. Aber das Geschäft ist todsicher. Ich predige unseren Sammlern längst, warum sie denn noch immer in Tirol und Bayern nach alten geschnitzten Schränken und gestickten Kelchtüchern herumschnüffeln, wo doch längst alles ausgeschachert ist und die Wurmstiche angeblich alter Möbel vom Tischler mit dem Bohrer fabriziert werden. Sie gehen doch wieder nach Sterzing und hoffen, das dortige, einzig alte Lüsterweibchen werde vielleicht doch keine Tugend gewesen sein, sondern für sie etwas Familie hinterlassen haben. Der Mensch nährt sich von solchen altbackenen Illusionen. Von jeher sage ich: Rußland ist das einzige Land, wo man noch sammeln kann, weil es noch nicht ausgesammelt ist. Rußland ist ein Museum, ohne es zu ahnen. Und zwar des achtzehnten Jahrhunderts, das jetzt die höchsten Liebhaberpreise hat. Man stelle sich nur die Kaiserin Katharina vor, wie sie den haarsträubendsten Luxus von Paris in ihr Reich einströmen läßt. Woher kommen denn die fabelhaften Kunstschätze der Eremitage? Gewiß nicht von der unbezwinglichen Sucht nach Kunstgenuß, wohl aber davon, daß bei der Erwerbung jedes Rembrandt das Dreifache des Betrages von den Agenten und Hofbeamten gestohlen wurde. Jedes solche Bild ist mit einem Unterschleif gefüttert und mit hohen Trinkgeldern gefirnist. Darum hatte man einen so feinen Blick für die bestechenden Eigenschaften. Man wußte sofort, was es damit für eine Bewandtnis habe, daß den Bildern dieses Meisters ein sogenannter Goldton nachgerühmt wird. Daher die große allgemeine Passion nach dem Goldton, der die Hofstellen ergriff, die grenzenlose Schwärmerei für Rembrandt. Und so gibt es in Rußland Rembrandts »zum Schweinefüttern«, und da die russischen Schweine das Zeug nicht fressen mochten, sind diese Meisterwerke noch jetzt erhalten.

Und ebenso ging es beim hohen und niederen Adel, beim rubelreichen Bürgerstand. Auf den Schlössern, in den Landhäusern hauste der Einrichtungsteufel. Alles eilte, sich europäisch einzurichten, von den ersten Meistern. Ein Schreibtisch von Riesener, eine Kommode von Röntgen wurde buchstäblich mit Gold aufgewogen. Noch unter Napoleon arbeitete der erste Pariser Buchbinder Bozerian jährlich Tausende von Saffianbänden für Rußland allein. Die Pariser Bronzemeister des Empire, die Odiot und Thomire, ließen sich ihre Bronze viel teurer bezahlen, als wenn sie Gold gewesen wäre. Rußland ist ganz durchspickt mit solcher Kunst, die jetzt von Tag zu Tag unbezahlbarer wird. Und deren Wert und Marktpreis dort kaum jemand ahnt. Man stelle sich nur die Geschenke vor, welche eine Katharina ihren Orlows, Pawlows, Daschkows, Potemkins und Narischkins machte. Ungeheure Vermögen haben sie gekostet, aber heute sind sie noch viel mehr wert, denn gute Kunstsachen sind und bleiben die beste Kapitalsanlage, ihre Wertsteigerung kennt überhaupt keine Grenzen. Ein Abdruck einer Rembrandtschen Radierung hat kürzlich die Summe von 7000 Kronen erzielt; er kostete seinerzeit zehn gute Groschen. Und in Rußland gab es keine Revolutionen, die das kostbare Tafelgeschirr des achtzehnten Jahrhunderts einschmolzen, wie in Frankreich, so daß man dieses herrliche Pariser Kunstgewerbe fast nur aus den Exemplaren kennt, die damals nach England und Rußland verkauft wurden. Und an Friedrich den Großen. In Sanssouci ist verhältnismäßig mehr erstklassiges Rokoko vorhanden, als in Paris. Auch an Gemälden der Watteau und Konsorten. Die »Abreise nach Cythera«, Watteaus Hauptbild, wird in französischen Kunstgeschichten immer dem Louvre zugeschrieben, wo sich doch nur die, allerdings prächtige Farbenstudie dazu befindet. Daß das Bild selbst in Sanssouci hängt, erfuhren die Franzosen erst Anno 1900, als es mit anderen französischen Schätzen aus Sanssouci im Deutschen Palais der Weltausstellung erschien. Und was ist Sanssouci gegen Rußland? Wo ein Falconet hinreiste, um das Denkmal Peters des Großen zu errichten, und sogar Houdons berühmte Diana steht, die doch die Franzosen als einen Stolz ihres Louvre preisen. Sie wissen nicht mehr, daß die Statue damals von der Verwaltung des Louvre zurückgewiesen wurde, weil sie in einem gewissen Detail ... zu naturalistisch behandelt war. Die Rokokozeit war zu prüde, um einem Bildhauer so unakademische Naturwahrheit zu gestatten. Houdon mußte die Diana in dezenterer Wiederholung herstellen, und diese wurde angenommen, die allzu vollständig geratene Statue ging nach Petersburg und steht im Winterpalast, wo man sich nicht so geniert. Rußland ist etwas abseits gelegen, und so weiß die französische

Welt gar nichts mehr von solchen Dingen, wenn nicht etwa Pierre Louys sie in einem neuen Buche an die große Glocke hängt.

Solche Raritäten, die man von jeher in Paris glaubt, sind in Rußland zu finden. Und ich führe nur weltberühmte Dinge an, die man bei uns im Westen nicht kennt. Was die gefeierten Künstler des Westens auf ihren russischen Kunstreisen dortzulande geschaffen, gelangt überhaupt nicht unter unseren Horizont. Wir lesen bloß, wie lange eine Vigée-Lebrun, ein Liotard, ein englischer Maler (Dawe), ein Wiener Meister (Lampi) sich dort aufgehalten, wie viele tausend Dukaten er bei dieser und jener Gelegenheit bar auf die Hand erhalten, und das ist alles. Wird der Westen jemals auch nur die berühmtberüchtigten Erotika Michael v. Zichys zu sehen bekommen, die in den geheimen Alben der russischen Gesellschaft schlummern? Es ist ja nicht schade darum, aber es sei als Symptom erwähnt, was für unvorhergesehene Kunstsachen in Rußland existieren. Ich bin überzeugt, daß ein unternehmender Kunsthändler, der durch schlaue Agenten die ganze Rückzugsstraße der Großen Armee aus dem Jahre 1812 bereisen ließe, noch jetzt eine reiche Ernte an künstlerisch wertvoller und jetzt auch nutzbringender Kriegsbeute machen könnte. Alles aus der Empirezeit und auch noch eine Menge Rokoko. Die Große Armee hatte 13.795 Offiziere (ich schwöre auf diese Ziffer nicht), und jeder von diesen Herren hatte eine Uhr, mit Petschaft und anderen Anhängseln daran. Das macht allein ein ganzes Museum. Und diese Dinge müssen ja vorhanden sein; in der Bevölkerung verstreut, bei Trödlern umsonst feilgeboten, weil sie nicht modern sind. Und die Herren hatten ja nicht bloß Uhren. Und es waren auch nicht bloß Offiziere da, sondern ein unendlicher Troß von Beamten, Agenten, putzfrohen Weiblichkeiten. Die Route von Moskau an die preußische Grenze muß mit solchen Dingen bestreut sein, und die Hyänen der Schlachtfelder werden schon dafür gesorgt haben, daß »nichts umkam« ... als höchstens Menschen und Pferde. Borodino, Smolensk, Beresina, welches Terrain für die holde Ährenleserin Ruth ... Zur See fangen die Leute in der Tat schon an, solche Nachforschungen anzustellen. Regierungen machen Pläne, diese oder jene spanische Silberflotte, die im sechzehnten Jahrhundert da und dort untergegangen, von Tauchern bearbeiten zu lassen. Englische Spekulanten sondieren nach Resten der Großen Armada. Jene archäologische

Gesellschaft, die, auf eine Nachricht bei einem griechischen Autor gestützt, bei der Insel Antikythera das mit Kunstwerken beladene Schiff auffand, das dort vor zweitausend Jahren versank, hat sofort den herrlichen Athleten des Athener Museums herausgeangelt und wird hoffentlich nicht bald aufhören. Was muß nur alles noch im Schlamme des Tiberflusses verborgen sein, der einen Teil der Kunstschätze Roms aufnahm. Eine Aktiengesellschaft, die diesen alles verschlingenden Strom gründlich ausbaggern wollte, würde keine russischen Kursstürze erleben. Hat man doch vor etlichen Jahren sogar auf dem Grunde des Nemi-Sees jene Prachtgaleere Neros wieder aufgefunden, von der die Chronisten berichteten. Es ist alles vorhanden, man muß es nur suchen. Wenn ein Unternehmer das Recht erwerben würde, den Sand aller eleganten Badestrände Europas und Amerikas durchzusieben, müßten Millionen verlorengegangener Ringe, Armbänder, Broschen, Münzen und Gott weiß was noch gefunden werden. Man sehe doch nur die zahllosen Verlustzettel, die in Ostende oder Westerland die Saison über angeschlagen werden.

Doch, um auf besagtes Rußland zurückzukommen, die Ereignisse, die sich dort vorbereiten, sind ganz danach angetan, sich auch auf dem Kunstmarkt fühlbar zu machen. Welche ungeheuren Kunst- und somit Geldwerte wurden während der Französischen Revolution verschleudert. Denn die Diebe und Räuber wußten sie nicht ordentlich zu verwerten, auch gab es keinen Kunstmarkt wie den heutigen. Man lese die Berichte über die amtlichen Versteigerungen der Einrichtung von Versailles, Trianon, Bagatelle und anderen Königssitzen rings um Paris. Die Blüte des blühendsten Kunstgewerbes fiel dem Meistbietenden zu, der in der Regel, nach heutigen Begriffen, ein Mindestbietender war. Jede solche Versteigerung ist im Grunde eine Minuendolizitation. Und nun kann sich das in Rußland wiederholen. In verschiedenen Provinzen sind die Schlösser schon niedergebrannt, vermutlich nachdem sie von verläßlichen Fachleuten ausgeplündert worden. Was nicht niet- und nagelfest, geht dort bereits von Hand zu Hand, und mancher Trödler mag in seinen Kellern die schönsten Sachen geborgen haben. Der Schmuggel wird auch bald eintreten und diese Dinge werden über die Grenze nach Galizien herübergesickert kommen. Wer also nicht den moralischen und physischen Mut hat, persönlich nach

Berditschew oder Nowo-Tscherkask zu gehen und sich mit jener skrupellosen Energie, die in solche Fällen dringend zu empfehlen ist, am Kunstpogrom zu beteiligen, der gehe wenigstens nach Galizien, hübsch in die Nähe der Grenze, um die betreffenden Schmuggler abzufassen, ehe sie von hurtigeren Geschäftemachern um ihre Beute gebracht werden. Wäre ich Kunsthändler, wie gesagt, ich dränge selbst in das heilige Rußland ein und suchte, im Namen der noch viel heiligeren Kunst, diese Konjunktur, die sich in Europa schwerlich so bald wiederholen dürfte, nach Kräften auszunützen. Mein Gewissen ließe ich in der teuren Heimat zurück, schon um mich unter den dortigen Leuten nicht durch ein solches Anhängsel auffallend und verdächtig zu machen. Schon das alte römische Sprichwort sagt: Bist du in Rußland, so lebe nach russischer Sitte. Ein Schwindel faßt mich, wenn ich an all das schöne Material denke, das dort in den nächsten Monaten gestohlen werden wird. In Rußland müssen Millionen kostbarer Tabatièren aus der Rokokozeit vorhanden sein. Die werden alle ihre Besitzer wechseln, und zwar meistens unentgeltlich. Die kostbaren Nécessaires und Visitières der Urgroßmütter, die edelsteinbesetzten Breloques der Ahnherren aus der Breloquezeit, die reizenden Lorgnons aus dem lorgnierenden Jahrhundert, und dann die unzählbar in allen besseren Häusern herumwimmelnden Miniaturporträts in ihren reizenden Rähmchen ... Es ist eine Lust, zu leben! wird jeder Plünderer unwillkürlich ausrufen, wenn er seine Taschen füllt oder gar den mit Kostbarkeiten gefüllten Sack auf die Schulter schwingt, um zum Juden zu eilen, dem er eigens zu diesem Zwecke das Leben gelassen hat.

Leider scheint es mit dem Einmarsch deutscher und österreichisch-ungarischer Heeresmassen in Rußland wirklich nichts sein zu sollen. Schade! Ein fliegender Kunsthändler, der sich einer solchen Armee anschlösse und mit ihr die aufgeführtesten Provinzen beruhigte, dürfte mit kaum minderer Beruhigung darauf rechnen, daß er dabei auch sein Schäfchen ins Trockene bringen würde. Einen solchen Einmarsch muß jeder wahre Kunstfreund, namentlich wenn er auf Grund seiner ästhetischen Anschauungen Handel treibt, aus vollem Herzen herbeiwünschen. Aber unsere auswärtige Politik wird den Moment gewiß wieder verpassen. Die große Kunstplünderung in Rußland wird kommen, weil sie kommen muß, und die schönen Sachen werden nach Amerika gehen, im

Trustwege oder sonstwie; der Einfuhrzoll wird dazu eigens herab-
gesetzt werden.

Flagranti

Ein Reiseerlebnis.

Mein interessantestes Erlebnis auf der Weltausstellung zu St. Louis war doch der Ausflug nach Flagranti. Der Leser staunt, nicht mit Unrecht. Es ist wirklich so; Flagranti. Das nämliche Flagranti, in dem schon so viele Missetäter ertappt worden sind; namentlich Helden und Heldinnen von sogenannten Cheirrungen. Die Amerikaner sind ein praktisches Volk und so unternahmen etliche das Geschäft, eine wirkliche Stadt Flagranti zu gründen, und zwar G. m. b. V. (Gesellschaft mit beschränkter Verhaftung), mit allen Bequemlichkeiten für durchgegangene Liebes- und Eheleute. Sie machten das Geschäft mit dem Gemeinderat des Städtchens Centralia, zwölf Stunden Expreß von St. Louis, genau im Zentrum der Vereinigten Staaten gelegen, so daß es von überall her gleich schnell zu erreichen ist. Centralia wurde im Jahre 1898 in Flagranti umgetauft und ist heute eine hochmoderne Stadt von 180.000 Einwohnern, mit einem jährlichen Wachstum, das in der Union nicht seinesgleichen hat. Mr. Datan Ubiram Marryat, Friedensrichter in Flagranti, den ich in St. Louis kennen lernte, lud mich in sein Haus ein, wo ich acht Tage in eitel Verdutztheit und Bewunderung verbrachte.

Wir fuhren dahin mit einem D-Zug. Nach Flagranti gehen überhaupt nur D-Züge, nämlich Durchgangszüge. Wer jemals durchgegangen ist, wird dies ohne weiteres begreifen. Unterwegs erklärte mir Mr. Marryat die ganze Geschichte des Geschäftes. Sie war reich an Aufregungen und die Unternehmer hielten sich wiederholt für ruiniert. Aber der kerngesunde Kern dieses Conzerns drang durch und heute ist Flagranti die verhältnismäßig reichste Stadt der Union. Sie zählt 7 Milliardäre und 139 Millionäre, unter einer halben Million Dollars gibt es überhaupt keinen Ortsansässigen und diese Ärmsten der Armen werden in den Listen als »Bettler« geführt. Trotz aller Riesenreklame kam anfangs kein Mensch nach Flagranti. Natürlich, da alle Welt weiß, daß man dort in der Regel ertappt wird. Dann besannen sich plötzlich die verlassenen Ehehälften und strömten gerade deshalb nach Flagranti, um ihre unsichtbar gewordenen Gatten, beziehungsweise Gattinnen zu ertappen. Dies war die erste große Geschäftsperiode der Stadt. Nicht die Durchgegangenen, auf die man gerechnet hatte, brachten diesen volkswirtschaftlichen Aufschwung, sondern die ihnen Nachgereisten. Dann kam der merkwürdige Umschwung. Da in Flagranti nie jemand ertappt wurde, hörte der Zustrom der Nachreisenden schließlich auf und die Hotels von Flagranti standen leer. Bis die zweite, noch glänzendere Geschäftsperiode begann, der Zustrom der wirklichen Durchgänger, die sich nun nirgends sicherer fühlen konnten als gerade in Flagranti. Und diese Epoche steht seit 1903 in voller Blüte. Die Stadt zählt 87 Hotels und 398 Pensionen. Das Grand Hotel Flagranti an Heymann Avenue ist nur für Millionäre eingerichtet. (Ich bemerke nebenbei, daß jene Hauptstraße der Stadt eigentliche Hymen Avenue heißt, Hymen wird aber auf anglo-amerikanisch Heymann ausgesprochen.) Die Pensionen heißen meist »Refuge« (Zufluchtsort) oder »Asylum«. Elysium Refuge, in einem reizenden Naturpark, ist besonders zu empfehlen, aber auch Hotel-Pension Flirt ist allerersten Ranges. Sehr bedeutend haben sich die Geldinstitute entwickelt, an ihrer Spur die Flagranti National Bank, dann die Erste Deutsch-Amerikanische Ertappungsbank G. m. b. V., ferner die Securitas Versicherungsbank gegen Heimholungsgefahr. Der prächtige Wolkenkratzer gegenüber dem Grand Hotel Flagranti ist die Divorce Station (Scheidungskanzlei), wo nachgerade das gesamte Ehescheidungswesen der Union in einer Hand vereinigt ist. Der 300 Fuß hohe Schlot dahinter, der höchste in Amerika, gehört zur Fabrik des Parfüms »Flagrantin«, von dem sozusagen die ganze Grafschaft duftet. Daneben sieht man ein winziges, ebenerdiges Gebäude mit der Aufschrift: Arrestation Office, also etwa Ertappungsamt. Es hat nur einen einzigen Beamten, der zufällig immer einjährigen Urlaub hat. Auf der parkierten Anhöhe dahinter stehen mehrere elegante Großbauten. Vor allem das Spital für Ehekrüppel und überhaupt Matrimonialklinik, mit brillant eingerichteter Rettungsstation verbunden. Der Brütofen für frühgeborene Kinder ist sehr zweckmäßig mit dem Gebäude für Feuerbestattung verbunden; die nämliche Wärme dient für beide Zwecke. Nebenbei darf auch bemerkt werden, daß in Flagranti auch das Leichenautomobil schon eingeführt ist; gegen unsere altmodischen Leichenwagen jedenfalls ein Fortschritt. Aus jener Gebäudegruppe ragt der hohe Campanile der katholischen Kathedrale empor, die dem heiligen Sixtus Dahastus gewidmet ist. Überhaupt ist Flagranti reich an Kirchen und Kapellen aller Bekenntnisse. Sogar eine Moschee ist vorhanden, doch davon später. Die altkatholische Kapelle ist dem heiligen Gottlob geweiht, das anglikanische Oratorium der heiligen Laetitia (es gehört zum Laetitiaklub). Überhaupt wimmelt es von solchen glückstrahlenden Namen. Auch der Hauptklub der Stadt heißt »F. und F.«, was Felix und Felizitas bedeutet. Dieser befindet sich in einem feinen Marmorbau, mitten in Seduction Square, einer Gartenanlage ohne Bänke, das heißt ohne sichtbare, denn sie stehen sämtlich in Dickichten von Blumen. Auf diesem Hügel, Mount Flagranti genannt, steht übrigens auch das großartige Matrimonial Museum. Ein Ehemuseum, einzig in seiner Art und voll Kuriosa ersten Ranges. Ich sah dort unter anderem die sechs Eheringe Heinrichs VIII., sämtlich als falsch beglaubigt.

Doch mit alledem greife ich eigentlich den Ereignissen vor und werde der reine Baedeker. Schon anregende Bekanntschaften. Es reisten fast lauter Pärchen, auch bestand der Zug aus lauter *Cabinets séparés*. Als durch den Schaffner die Anwesenheit des allverehrten Friedensrichters Marryat ruchbar wurde, sandten sie sämtlich ihre Visitenkarten, und zwar mit falschen Namen. Jeder Ankömmling muß nämlich einen sogenannten Flagrantinamen haben; Falschmeldung ist dort obligat. Beim Lunch im Speisewagen kamen wir einem solchen Pärchen ganz nahe. Aus New Orleans kam es und schwamm in etwas, was hoffentlich Glück war. Beß und Clay hießen sie. Clay natürlich nach dem berühmten Patrioten Henry Clay, nach dem auch die gewissen Havannazigarren benannt sind. Deshalb vielleicht sammelte Beß im ganzen Zuge die Zigarrengürtel, zu wohltätigem Zweck. Clay hatte ihr nämlich eingeredet, diese würden nach Afrika verschickt, als Trauringe für die Mohren. Solange ein solcher Ring halte, sei auch die Ehe gültig. Das leuchtete der kleinen Durchgängerin auf ihrer Liebesreise ein. Sie war schön wie der Tag ... und dumm wie die Nacht. Ein wahres Minimalgehirn hatte sie (sichtlich) in ihrem Köpfchen, aber die umständliche Frisur ersetzte den Mangel vollauf. Und dann schien sie immer plötzlich einen Gewissensbiß zu verspüren und starrte ganz ratlos vor sich hin. Sie saß dann da wie Maria auf den Trümmern Karthagos. Und doch war sie voll im Rechte gewesen, ihrem Manne durchzugehen. Eigentlich war Bobby dran schuld. Das ist sein Hund, und der färbt ab, weil er sich immer im Maleratelier herumkugelt. Und Beß trägt immer weiße Kleider. Unmögliche Situation für eine Ehefrau, die sich proper halten will. Und eigentlich war ihr Durchgang auch nicht ganz so kraß, wie bei mancher anderen Unglücklichen, denn Clay war sozusagen ein Verwandter. Kein sehr naher, aber immerhin so etwas wie ein Milchbruder. Ein sterilisierter Milchbruder, das kann nicht gesundheitsschädlich sein. Und ihr Mann würde ja doch heute oder morgen sterben; an chronischem Schlagfluß, zu dem der Arme neigt. Ihr erster Mann (einmal war sie schon geschieden) hatte sich erhenkt. Er war nämlich Vegetarier, und das ist eine vegetarische Todesart, wegen der Pflanzenfasern im Hanf. Da war doch Clay ein ganz anderer Schlag. Nerven wie Stacheldraht, pflege er selbst zu sagen. Ein verführerischer Mann, nicht wahr? Bei gewissen unpassenden Ausdrücken müsse sie freilich ein Ohr zudrücken, denn sie sei durchaus gegen alles Shocking. Zum Beispiel, wenn er seine Zirkusausdrücke gebrauche. Eine Frau müsse wie ein Pferd »durchgeritten und wendig« sein. (Ich vergaß anzumerken, daß das Pärchen deutsch-amerikanisch war.) Er sei nämlich früher Kavallerieoffizier gewesen und das mache gewissermaßen zynisch. Von »Produktionen auf dem ungesattelten Weibe« und dergleichen Zeugs schwärme er. Und sie glaube an seiner Seite einem dauerhaften Glück entgegenzugehen, obgleich er einmal so exzentrisch war zu behaupten, eine Frau sei das Gegenteil eines Krebses, nämlich nur in den Monaten mir R zu genießen. Ein schrecklicher Mensch, nicht wahr, aber lieb ... schrecklich lieb.

Das war der vertrauliche Ton, in dem sie alle mit Mr. Marryat sprachen. Wie denn nicht? Mit dem ehrwürdigen Friedensrichter von Flagranti, von dem sie ja alle so vielfach abhingen oder gelegentlich abhängen konnten. Man kann ja nie wissen, was geschieht. Dieser liebe alte Papa (der selber vor zwei Jahren seine goldene Hochzeit gefeiert hatte) war wie der Beichtvater aller, vor dem es lächerlich gewesen wäre, Geheimnisse zu haben. Bei ihm war immer Trost und Hilfe; sogar Bekehrung und Versöhnung, wenn es für die Betreffenden das Passendste war. Auch in Flagranti kann man ja ein Christ sein und bleiben. Ein Ehesystem ohne Flagranti ist nun einmal schwer denkbar, wenigstens hat's der bisherige Lauf der Welt gezeigt, und das vom *self-made man* ist schließlich eine der größten Lügen, denn *self-made* Menschen gibt es nur in sehr übertragenem Sinne, also ... kurz und gut ... Das waren so die Gespräche auf dem D-Zug St. Louis-Flagranti. Daß Clay ein ausgemachter Rohpatron war, lag ja von vornherein auf der Hand. Aber er hatte wenigstens auch den Witz seiner Situation. Einige Tage später, als er mit Beß bei Friedensrichters zu Besuch war, hielt er mir seine Zigarrentasche hin, mit schönen Henry Clay gefüllt, und sagte halblaut, bloß für mich:»Warum in die Ferne schweifen, Sieh die Gute liegt so nah.« Die! Das bezog sich offensichtlich auf die Zigarre, ... ich möchte sagen, auf eine ganz andere.

Der lieblichste Fleck in Flagranti ist Paradise Lane. Das ist eine mit himmelblauen Glycinien und gelbem Goldregen gar festlich aufgetafelte Allee von kleinen Landhäusern »Cots« (was Cottages bedeutet), Chalets, Pavillons, Hotelchen im Stil Champs-Elysées, und auch einfachen, ja schon ganz einfältigen Hütten. Manche Einwanderer wollen nämlich gar nicht mehr fort aus dem schönen Flagranti und sagen: hier laßt uns Hütten bauen. Wie seinerzeit die *chaumière indienne*, eine Strohhütte mit Strohdach; imprägniert natürlich, gegen Feuersgefahr. Raum ist in der kleinsten Hütte usw. Mr. Marryat führte mich in manches solche Heim eines glücklich liebenden Paares. Eines hieß Serafinens Nest, ein anderes Angelikas Winkel. Frau Serafine lebte da in ganz anderen Umständen und fühlte sich glücklich. »Mein Mann schlief die ganze Nacht wie ein Murmeltier«, sagte sie zu Mr. Marryat. »Nun ja«, erwiderte dieser im Scherz, »und das ewige Murmeln störte Sie im Schlafe.« Sie kam gerade aus dem Hause, einen mächtigen Schinken in der Hand; bei näherer Besichtigung stellte es sich als ihr im Futteral getragenes Racket heraus, denn sie ging gerade zum »Tennis der Entführten« (*Elopement Tennis*), dessen Komitee sie angehörte. Wir traten dafür in »Angelikas Corner« ein. Es lockte schon von weitem, durch Klavier und Gesang. Angelika sang, von ihrem Herzliebsten begleitet, ein ergreifendes deutsches Lied, aber mit mutwilligen Variationen. »Es ist im Leben grauslich eingerichtet, wie schon der große Dichter Scheffel sagt ...« Mit besonderem Frohsinn sang sie aber den Vers: »Am Ende kommt das Auseinandergehn.« Sie waren überhaupt ein fröhliches Gespann Menschlein. In ihrer Wohnstube hatte sie fast gar keinen Hausrat. Nur ein Tisch stand in der Mitte und an der Wand ein Bett. Diese beiden Möbel mußte man schlechterdings haben, denn wovon sollte man sonst geschieden werden? Sie machten sich ein kleines Freudenfest aus dem Malheur. Frl. Angelika verdankte ihr Glück oder Unglück einem reinen Zufall. Einem Druckfehler in einem Inserat. Sie hatte sich als eine »Kontoristin« angekündigt, erfahren in Korrespondenz, Maschinschreiben, Sprachen und anderen Kontortugenden, der Setzer aber hatte gesetzt: »Junge Kontorsistin.« Also etwas wie eine Schlangendame, Parterre-Akrobatin, überhaupt eine pikante Variéténummer. Ein junger Bankier hatte die Anzeige gelesen. Eine Maschinschreiberin, die, wie es im »Taucher« heißt, hundert Gelenke zugleich regen kann! Kurz, er bog sie sich bei ... Und dann bog sie sich ihn bei. Und dann saßen sie eines Tages im D-Zug nach Flagranti.

Man glaubt ja gar nicht, wie diese Dinge oft zustande kommen. Auf die allerphilisterhafteste Weise. Bei einer Garden Party, die Mr. Marrhot zwei Tage später gab, lernte ich mehrere sehr interessante Exemplare kennen. Auch den Heldenbariton der Oper, Signor Amorino Amorini, der jetzt hier engagiert war; ich hatte ihn den Abend vorher den Don Juan singen hören. Gleichzeitig spielte seine Reisegefährtin im Adam und Eva-Theater die »Titelrolle« in Sardous »*Divorçons*«. Die Theaterrepertoires in Flagranti sind nämlich auch so sach- und fachgemäß zusammengestellt. Signore Amorino Amorini hieß natürlich auch ganz anders. Er hieß Vaclav und war aus Przelautsch, und sein Stamm waren jene Schokolauschek, welche durchgehn, wenn sie lieben. Er war aber einmal auch in Wien engagiert gewesen und hatte da einen Freund gehabt, der sich sehr auf Frauen verstand. Und der hatte zu sagen gepflegt: »Lieber Freund, immer die nämliche Frau, das ist, als wenn ich jeden Abend das nämliche Abendblatt lesen würde. Was immer da vorkommt, das hab' ich schon vorgestern gelesen, oder vorige Woche, oder voriges Jahr. Dieselben Tagesneuigkeiten, dieselben Moritaten, dieselbe Revolution in Konstantinopel oder in San Domingo, dieselben Audienzen.« Und diese skeptische Weisheit ging dem Sänger des Don Juan nicht mehr aus dem Kopfe. Er erzählte es auch jedem, und das dauerte immer eine Stunde lang. Es gibt Leute, die kurz angebunden sind; Amorino Amorini war lang angebunden.

Eine andere Ehe war in die Brüche gegangen, weil förmlich das Unglück bei ihr Paten stand. Man denke sich diesen ganz vereinzelten Fall. Unter den Hochzeitsgeschenken war auch ein silbernes Speiseservice für zwölf Personen. Und wie man es das erstemal benützt, sieht man zum allgemeinen Entsetzen, daß es dreizehn

Bestecke enthält. Das war noch nicht da. Das konnte unmöglich gut ausgehen. Also ging es so aus, was ja noch immer besser ist als etwas Schlimmeres.

Eine dritte Ehe scheiterte einfach an der Schwerhörigkeit des Gatten. »Wie soll man da nicht anbandeln?« sagte die reizende Durchgängerin im naivsten Tone, »das *muß* man ja nützen!« ... Es gibt aber immerhin einzelne in Flagranti, die wirklich Übermenschliches an Gattentreue, an ehelicher Anhänglichkeit geleistet haben. Eine stand in allgemeiner Verehrung und der Sheriff hatte ihr sogar schon einen Heiratsantrag gemacht. Diese früher sehr schlanke Dame hatte sich, um den ästhetischen Neigungen ihres Mannes Rechnung zu tragen, einer heroischen Verfettungskur unterzogen, was ihm dann aber erst recht nicht recht war. Und da eine andere Dame durch ihren »falschen Blick« ihn besonders fesselte, unterzog sie sich einer Augenoperation, wie man sie sonst gegen das Schielen macht, aber in umgekehrtem Sinne. Sie schielt jetzt großartig, aber wie die Männer schon sind, nun konnte er sie gar nicht mehr ansehen. Da nahm sie ihren Schmuck und sein Geld und ging mit dem ersten Besten nach Flagranti.

In der obenerwähnten Moschee hörte ich eine Predigt des Imam Inschallah-ben-Mufti. Das Gotteshaus war gesteckt voll, obgleich es in Flagranti einstweilen noch keine Mohammedaner gibt. Jetzt dürften bald auch durchgegangene Harems eintreffen. Der Imam ist ein sehr geistvoller und moderner Mensch. Er bewies haarklein, daß dem Islam die Zukunft gehört, weil er die modernste aller Religionen ist. Die einzige wissenschaftliche im heutigen Sinne. Der Islam verbietet den Alkohol, was die christlichen Völker erst jetzt auf Kongressen und dergleichen anstreben. Er verbietet das Duell, mit dem die westlichen Gesetzgeber nicht fertig werden. Er gestattet die Vielweiberei, die im Abendlande in unerlaubter Weise erlistet und errafft wird und so viele nach Flagranti führt. Er stellt das Prinzip des Kismet auf, des Fatalismus, dieses wirksamsten Beruhigungsmittels für die Nerven. Er ist tolerant und gibt Christus und Moses ihren Rang, ein Beispiel für alle anderen Religionen. Kurz, er hat vor tausend Jahren schon den Gläubigen ewige Güter geschenkt, um deren Erwerb die Ungläubigen noch tausend Jahre lang verzweifelt ringen werden. Inschallah-ben-Mufti führte das alles sehr schön aus und hatte einen großen Erfolg. Der Bürgermeister von

Flagranti beglückwünschte ihn, er wurde während der Rede von allen Seiten photographiert und nahm schließlich den Heiratsantrag einer der sprödesten Damen von Flagranti an, Mrs. Arabella Motosickel, deren Geschichte auch ihre besondere Psychologie hat. Wie gesagt, sie war spröd und unnahbar, wie ein Nordpol. Aber ein Gentleman ging ihr stark nach und gab sich viele Mühe. Da wies sie ihn entrüstet ab. Da sagte er im Tone der absoluten Diskretion: »Pardon, Madame, ich wußte nicht, daß Sie ... leidend sind.« Sie, außer sich ... leidend!!? Er unterstand sich zu glauben ... !!? Und von da an hatte sie nur noch einen Gedanken: ihn zu überzeugen, daß sie gesund war. Und das Ende war Flagranti ... Ich empfehle dieses Motiv Roverto Bracco, für eine moderne Komödie. Das ist ja sein Genre.

Die Junggesellensteuer

»Ja wohl, liebe Vaseline. Sie können mir's glauben. Mein Vetter ist ja Abgeordneter. Ihm hat's der Finanzminister selber gesagt, daß er die Vorlage nächtens einbringen wird. Eine Junggesellensteuer in aller Form. Die müssen alle unverheirateten Männer bezahlen, ohne Gnade und Barmherzigkeit. Fünfzehn Prozent von ihrer jetzigen Steuer ... Nein, von ihrem Einkommen ...«

»Hoffentlich vom ganzen Einkommen, liebe Babette!«

»Noch besser vom ganzen Vermögen, liebe Nancy! Sie verdienen's ja nicht besser! Jedes Jahr fünfzehn Prozent von ihrem ganzen Vermögen! Das wird die Herren Junggesellen mürbe machen. Na ja, sie sollen heiraten! Wie kommen wir dazu, alte Jungfern zu sein?«

»Zu werden,« berichtigte Fräulein Vaseline, die jüngste der drei. Sie hatte die beiden Freundinnen zu einem kleinen Kaffeetratsch geladen. Den Zucker brachte jede mit, denn der ist jetzt schändlich teuer. Das war so unter ihnen abgemacht; mehr zum Spaß natürlich. Nebenbei: Vaseline war natürlich nur ein Kosename für Lina. Vaselinchen klang doch bei weitem geschmeidiger.

Eine gute Stunde freuten sie sich nun weiter über die köstliche neue Steuer. Nur ein Punkt erregte einiges Bedenken. Fräulein Nancy, eine wohlerhaltene Fünfundvierzigerin, der man doch deutlich ansah, daß sie eine tiefere Brünette gewesen, stieß sich an dem Vorbehalt wegen der Personen, für die ein Junggeselle etwa zu sorgen hätte.

»Warum sollen diese Personen ihm von der Steuer abgezogen werden? Die Frau geht doch vor. Und dann ... Da kann sich einer eine Geliebte halten und hat dann weniger zu zahlen. Und wenn er sich zwei hält, noch weniger. Ein illegitimer Harembesitzer bleibt wohl ganz steuerfrei, oder der Staat zahlt ihm noch was heraus.«

»Aber, liebe Nancy!« rief Fräulein Babette, die älteste (wie die beiden anderen, sobald sie nicht dabei war, einstimmig behaupteten). »Wo reißt Sie nur Ihr Eifer hin! Illegitime Sachen nimmt der Finanzminister überhaupt aus. Nur korrekte Unterstützungen werden anerkannt. Se. Exzellenz ist ein hochanständiger Herr. Und dann, so was würde ihm seine Gemahlin gar nicht erlauben. Sie würde ihn schon Mores lehren.«

»Das ist schon richtig, daß er ein ungewöhnlich klarer Kopf ist. Und ein Gerechter, wie keiner vor ihm. Er hat ein Herz für uns und will uns von Staats wegen rächen. Er soll leben! Ich schlage vor, wir reiben ihm einen solennen Salamander. Mit Kaffee.«

Unter nicht geringer Begeisterung wurde diese imaginäre Eidechse von den drei Damen frottiert. Dunkle Jugenderinnerungen Babettens, deren Bruder einst Student gewesen, dienten dabei als Leitsterne. Bei dem Geklapper mit den Kaffeeschalen brach freilich ein Henkel ab, was Fräulein Vaseline für eine Stunde verstimmte, aber der Gemütszustand war doch im ganzen sehr gehoben. Bis dann Fräulein Babette, ein verhängnisvoller Charakter, in ihr gewohntes »Allerdings« verfiel. Wenn sie »Allerdings« sagte, erschrak immer die ganze Gesellschaft. Denn da kam nichts Gutes.

»Allerdings betrachtet der Finanzminister auch die Mädchen als ... unverheiratet.«

»Wa ... a ... s? Sie meinen doch nicht ...«

»Gewiß. Auch die Jungfrau soll als Junggeselle qualifiziert sein. Eine Junggesellin, sagt er. Und soll auch fünfzehn Prozent zahlen. Warum hat sie nicht geheiratet? Sagt er. Jedes Frauenzimmer, sagt jenes Ressort, kann heiraten. Xmal im Leben bietet sich ihm eine Hand. Aber da gefällt der Dame die Nase nicht ... oder er hat noch keine Stellung ... oder es wird überhaupt auf den »Prinzen« gewartet. Romantisch sind wir, sagt er. Und dann reden wir uns aus: es ist keiner gekommen ... es hat mich keiner mögen ... und dergleichen Gemeinplätze.«

»Aber das ist ja entsetzlich!« schrie Fräulein Nancy auf in wildem Schmerz. »Aber dieser Finanzminister, dem wir soeben einen Salamander gerieben haben, ist ja ein Unmensch vom reinsten Wasser!«

»Seien Sie nicht so vernichtet, liebe Nancy,« mahnte Fräulein Babette. »Warten Sie, bis Sie alles wissen.« Ein Gewitter war heraufgezogen, ein Regenguß ging nieder. Die Damen eilten unwillkürlich ans Fenster und blickten in die Sintflut hinaus. Die Straße war leer. Nur ein Mann stand auf dem Bürgersteig gegenüber und trotzte unter dem Regenschirm den schweren Regenböen, die daherfuhren.

Ja er lüftete sogar einen Zipfel des Schirmes und schielte wie ein Ertrinkender an dem Hause hinan. Gerade in der Richtung dieses Fensters.

»Ah!« rief Vaseline unwillkürlich und trat ins Zimmer zurück. Die Freundinnen folgten ihr bald.

»Ein Hundewetter, brr!« schauderte Fräulein Nancy. Worauf Vaseline tief errötete, als hätte die Indiskrete mindestens gefragt, ob der wasserdichte Jüngling da unten ihr diese Fensterpromenade im Wolkenbruch mache. Überhaupt errötete Vaseline von nun an bei jeder Äußerung, die überhaupt noch getan wurde. Fräulein Babette aber nahm den Faden des Allerdings wieder auf:

»Denn sehen Sie, liebe Freundinnen, die Mannsleute, die sind halt außerordentlich perfid. Stellen Sie sich nur vor, wie das nun mit uns sein wird. Wenn wir die Junggesellinnensteuer – merken Sie wohl: Linnen – Wenn wir die nicht zahlen wollen, werden wir beweisen müssen, daß uns wirklich nie ein Mann zur Frau verlangt hat. Daß wir keine von den fünfzig Millionen männlichen Händen in dieser Monarchie jemals ausgeschlagen haben ... Liebste Vaseline, Ihnen wird es da schlecht gehen. Aber schon sehr schlecht! Alle die interessanten Herren-Photographien da, mit denen Sie Ihre Wände gepflastert haben, zur Erinnerung an ... einstige Flammen ... an diesen und jenen Schwarm ... gleich mehrere Leutnants mit blonden Schnurrbärten, und der Postbeamte dort mit dem aristokratischen Monokel, ... und diese Glatze da ... die muß mindestens schon ein Regierungsrat sein ... Und da sagen Sie noch allen Leuten ganz unverhohlen, daß alle diese hübschen jungen Herren in Sie verliebt waren und Sie durchaus heiraten wollten! Welche Unbesonnenheit! Wenn das die Steuerbehörde erfährt! Sie werden ja tausend Kronen jährlich Junggesellinnensteuer zahlen müssen! Bei so hochgradigem Begehrtgewesensein! Lassen Sie sich raten, verbrennen Sie dieses Zeugs beizeiten!«

»Zeugs!!?« stammelte Vaseline, beide Ohren blutrot.

»Allerdings,« fuhr Fräulein Allerdings grausam fort. »Denn Sie wissen gar nicht, was uns alles bevorsteht. Welche neue Schlauheiten die Steuerbehörde gegen uns im Schilde führt. Wir werden ja natürlich aus Leibeskräften leugnen, daß wir jemals irgendwelche Heiratswerber abgewiesen haben. Aber da ist im Finanzministerium schon ein eigener Kniff ausgeheckt. Mein Vetter, der Abgeordnete, hat mir's aus verwandtschaftlicher Fürsorge verraten, damit ich nicht unwissenderweise ins Malheur komme. Nämlich eigene Lockspitzel werden sie anstellen, lauter geriebene agents provocateurs, die uns auf den Leim führen sollen. Der Steuerbeamte wird nicht mehr mit offenem Visier zu uns kommen, sondern in der Maske eines Courmachers, und wird uns nach ausreichender Einfädelung einen Heiratsantrag machen. Daß er bei der Steuer ist, wird er verschweigen, ... Beamter mit 2000 Kronen Gehalt, wird es heißen. Natürlich kann unsereins so was nicht heiraten. Ich kann doch nicht ihn und seine Kinder erhalten. Ich werde also ablehnen, und da werden mir flugs die fünfzehn Prozent aufdividiert.«

»Mir ist schlecht!« stöhnte Fräulein Nancy und trank ein Glas Wasser. Vaseline errötete bloß wieder und starrte auf eine der kleinen Photographien an der Wand.

»Und wissen Sie,« fuhr Fräulein Babette fort, »die armen Mädel werden überhaupt nicht gut mehr heiraten können. Die werden nichts mehr sein, als Erpressungsobjekte. Da kommt der erste beste Werdawill und bietet mir seine Hand an. Wenn ich ablehne, zeigt er mich bei der Steuerbehörde an, außer ich kaufe mich los ... Und bei der Steuerfassion wird auf dem Einbekenntnisbogen eine neue Rubrik auszufüllen sein: »Ist jemals um Ihre Hand angehalten worden?« Bitte das mit Nein auszufüllen, unter Ihrem Eid! ... O, wir kommen da in eine schreckliche Lage. Wir können ja einem unverheirateten Mann gar nicht mehr Rede stehen, denn er könnte uns meuchlings fünfzehn Prozent kosten. Ich sage Ihnen, liebe Freundinnen, wir gehen schrecklichen Zeiten entgegen.«

Draußen ging die Schelle. Man hörte die Türe öffnen, eine männliche Stimme, leise, fast raunend. Vaseline wurde purpurrot. Die anderen Damen horchten angespannt. Fräulein Babette schnupperte auch sonderbar gegen die Türe hin. Dann kam die Magd herein und reichte Vaselinen eine Karte. Der Herr wolle sie selbst sprechen. Vaseline sprang auf, teils verwirrt, teils verworren, jedenfalls feuerrot und an allen Gliedern bebend. Die Visitenkarte entfiel ihren Fingern. Fräulein Babette haschte sie sofort und las: »Jean-Louis Tourniquet, professeur de langues modernes.«

»Also doch!« rief Fräulein Nancy. »Wahrhaftig, der Herr unter dem Regenschirm. Ich hatte ihn ja gleich erkannt, aber nur so halb und halb, durch den Regenschleier, und da sagte ich lieber nichts.«

»Werden Sie ihn empfangen, Vaseline?« fragte Fräulein Babette. »Nach alledem, was ich soeben ... Gehen Sie, schicken Sie ihn lieber fort. Sicher ist sicher.«

»Ich werde ihn fortschicken,« stotterte Vaseline und ging hinaus. Das Nähtischchen fiel dabei um und eine Schachtel voll Glasperlen entleerte sich über den ganzen Boden hin. Sie zerkrachten dann bei jedem Schritt, und das war nicht nett zu hören; von dem Schaden gar nicht zu reden.

Fräulein Babette schnupperte immer stärker gegen die Türe hin. »Haben Sie schon bemerkt, daß Verliebte einen ganz eigenen Geruch haben? Ich rieche die Liebe des Monsieur Tourniquet deutlich durch das Schlüsselloch. Abstoßende Sache, was? Wer ist er denn eigentlich?«

»Französischlehrer an der Anstalt, wo Vaseline unterrichtet. Windiger Franzos. Unbegreiflich, was er gerade an Vaseline findet ... Sie scheinen sich in das Stübchen der Magd zurückgezogen zu haben, denn ich höre keinen Laut ... Und wie lange diese Audienz dauert. Dieses Rendezvous vielmehr, bei dem wir ... hihi ... etwas störend zu sein scheinen. Eine halbe Stunde stecken sie schon beisammen.«

Fräulein Babette sah auf die Uhr. »Zwei Minuten erst.«

Da ging auch schon die Türe auf und Vaseline erschien wieder. Sie stand hoch aufgerichtet, an die Türe gelehnt, stumm. Blaß wie die Blässe war ihr Gesicht. Ihr Busen flog. Es gibt Frauen, bei denen er sich nur verrät, wenn sie so in Verzweiflung sind. Sie brachte wirklich kein Wort heraus, so von Grund auf war sie durchschüttert ... Aber das stand ihr gut, wahrhaftig.«

»Nun?« ...

»So reden Sie doch ein Wort!« ...

»Vaseline, ist Ihnen was?« ...

Vaseline brach in einen Tränenstrom aus. Sie sank auf den Divan und schluchzte. Sie sah wirklich immer besser aus. Eine feine Bösartigkeit spielte um Babetten Mundwinkel.

»Sie haben ihn abgewiesen?« (Vaseline nickte.) »Vielmehr, hoffentlich, gar nicht zu Worte kommen lassen?« (Vaseline nickte.) »Ihn hoffentlich gleich mit einem Blick für immer stumm gemacht?« (Vaseline nickte.) »So daß er seine Werbung gar nicht anbringen konnte?« (Vaseline nickte.) »Das ist gut. Nun kann er Sie nicht der Steuerbehörde angeben. Man kann jetzt wirklich nicht vorsichtig genug sein. Ich gratuliere Ihnen, liebe Vaseline, zu diesem mannhaften Entschluß. Er hat Sie, wie ich sehe, einen harten Kampf gekostet. Ich hätte gar nicht geglaubt, daß Sie sich so etwas gar so nahe gehen ließen. Bah! Es ist doch schließlich bloß ein Mann. Sie, in Ihrer selbständigen Stellung, unabhängig als Weib und Dame ... Unanfechtbar selbst als Steuerzahlerin. Wer kann wissen, was hinter so einem Monsieur Tourniquet steckt? Sicher ist sicher.«

Alle fuhren zusammen, denn es schellte wieder. Vaseline schnellte förmlich vom Sofa auf und stand, wie im Lauschen erstarrt. Wieder die raunende Männerstimme draußen ... Vaseline stürzte zur Türe.

»Vaseline!« rief Fräulein Babette, Silbe für Silbe wie mit der Zungenspitze heraussstechend. Diese abgestandene, saure Person hatte eine Kraft der Suggestion in sich ...!

Vaseline sank wieder auf das Sofa, rücklings, das Taschentuch an die Augen gepreßt. Was für eine hübsche Hand sie hatte, für so melancholische Verrichtungen. Es gibt Frauen, die erst hübsch werden, wenn es ihnen recht schlecht geht.

Die Resi erschien: »Der Herr hat halt seinen Hut da vergessen ... und drunten im Regen ist's ihm erst eingefallen. Er ist waschlnaß. Ich hab's ganze Vorzimmer aufwischen müssen.« Die Resi lachte, und es war ja auch so spaßhaft.

Dann lachten die Freundinnen, und weidlich. Nein, so ein Verliebter! »Wie haben Sie das nur angefangen, holdselige Vaseline, ihm den Kopf gar so zu verdrehen? Im strömenden Gußregen barhäuptig auf die Gasse zu gehen! Nun, das kalte Wasser wird ihm gewiß gut tun. Er wird schon zur Besinnung gelangen.«

Und in der Tat, er gelangte zur Besinnung. Wieder ging draußen die Türe und die gewisse Männerstimme entschuldigte sich – man merkte es nur am Tonfall – und Fräulein Babette schnupperte mit allen Nüstern nach dem Schlüsselloch hin.

»Den Regenschirm hat er sich auch noch geholt,« kicherte Fräulein Nancy, das Ohr an der Türe. »Bleiben Sie nur sitzen, Vaseline. Er wird schon noch einmal kommen, um die Galoschen.«

Allein Vaseline war diesmal schlechterdings nicht aufzuhalten. Vergebens rief das suggestive Fräulein Babette wiederum so silbenstecherisch ihren Namen. Vaseline sah und hörte nichts und stürmte geradenwegs hinaus. Offenbar, um Monsieur Tourniquet seinen Regenschirm persönlich zu überreichen. Als sie ihn dann in seinem triefenden Jammer erblickte, wie er ihretwegen so träufelte und strömte, da erbarmte er sie mächtig.

»Aber, lieber Tourniquet, Sie sind ja schandbar durchregnet! Sie sind ja windelnaß!« Augenscheinlich war sie zu verwirrt, um die Tragweite ihrer Ausdrücke genau zu ermessen. »Kommen Sie doch zu uns, in die warme Stube ... Resi, gießen Sie den Kaffee nochmals auf! ... Lieber Herr Monsieur! Ich wollte sagen: Monsieur Tourniquet ... Apropos, eine Frage, solange wir noch unter uns sind ... Nicht wahr, Sie werden mir die Wahrheit sagen? Wie stehen Sie eigentlich ... Sind Sie nicht vielleicht so in Ihren freien Stunden ... Ach, es ist ja gewiß nicht wahr, was die Leute sagen.«

»Was sagen die Leute?«

»Daß es so eine Art ... Steuer-Detektivs gibt, die herumgehen und Heiratsanträge machen, um uns dann zu denunzieren, wegen der Junggesellensteuer. Sie lachen aus vollem Halse? Nun, das beruhigt mich einigermaßen.«

Monsieur Tourniquet wand sich in der Tat vor Lachen. Dann griff er in die Brusttasche, holte drei blaue Zettel hervor, so recht formularmäßig bedruckte, beschriebene, gefaltete und verklebte, und hielt sie Vaselinen hin.

»Da ... Nicht weniger als drei Steuermahnungen, mit Exekutionsdrohung ... hier, an meine Adresse. Allerdings schreiben sie immer Fourniquet statt Tourniquet.«

Ja, das war ein gültiger Beweis. Steuerbeamte sind keiner Steuerexekution ausgesetzt. Vaseline wurde plötzlich um fünfzehn Prozent schöner, als sie in ihren schönsten Zeiten gewesen. Sie führte den Prinzen, der ihr endlich gekommen, feierlich in ihre Stube, setzte ihn an ihren buntgedeckten Tisch und schenkte ihm des perlenden Kaffees. Da er zufällig keinen Zucker bei sich hatte, süßte sie ihm den Trank aus eigenem, so daß er von den sparsamen Hausregeln gar nichts merkte. Fräulein Babette griff zwar in die Tasche und reichte ihm boshaft noch ein Stückchen Zucker, da der Kaffee gewiß nicht süß genug sei, aber der Franzose lehnte dankend ab.

»Ihr Zucker, liebe Lina, ist doppelt süß. Schon aus Sparsamkeit kann man nicht umhin, Sie zu heiraten.«

Solche Ehegründe haben die Leute. Und dann kann es Spieße regnen. Und dann sagt Fräulein Babette wohl noch, er heirate bloß aus Geiz, um die Junggesellensteuer zu ersparen.

Über tredition

Eigenes Buch veröffentlichen

tredition wurde 2006 in Hamburg gegründet und hat seither mehrere tausend Buchtitel veröffentlicht. Autoren veröffentlichen in wenigen leichten Schritten gedruckte Bücher, e-Books und audio-Books. tredition hat das Ziel, die beste und fairste Veröffentlichungsmöglichkeit für Autoren zu bieten.

tredition wurde mit der Erkenntnis gegründet, dass nur etwa jedes 200. bei Verlagen eingereichte Manuskript veröffentlicht wird. Dabei hat jedes Buch seinen Markt, also seine Leser. tredition sorgt dafür, dass für jedes Buch die Leserschaft auch erreicht wird.

Im einzigartigen Literatur-Netzwerk von tredition bieten zahlreiche Literatur-Partner (das sind Lektoren, Übersetzer, Hörbuchsprecher und Illustratoren) ihre Dienstleistung an, um Manuskripte zu verbessern oder die Vielfalt zu erhöhen. Autoren vereinbaren direkt mit den Literatur-Partnern die Konditionen ihrer Zusammenarbeit und partizipieren gemeinsam am Erfolg des Buches.

Das gesamte Verlagsprogramm von tredition ist bei allen stationären Buchhandlungen und Online-Buchhändlern wie z. B. Amazon erhältlich. e-Books stehen bei den führenden Online-Portalen (z. B. iBookstore von Apple oder Kindle von Amazon) zum Verkauf.

Einfach leicht ein Buch veröffentlichen: **www.tredition.de**

Eigene Buchreihe oder eigenen Verlag gründen

Seit 2009 bietet tredition sein Verlagskonzept auch als sogenanntes "White-Label" an. Das bedeutet, dass andere Unternehmen, Institutionen und Personen risikofrei und unkompliziert selbst zum Herausgeber von Büchern und Buchreihen unter eigener Marke werden können. tredition übernimmt dabei das komplette Herstellungs- und Distributionsrisiko.

Zahlreiche Zeitschriften-, Zeitungs- und Buchverlage, Universitäten, Forschungseinrichtungen u.v.m. nutzen diese Dienstleistung von tredition, um unter eigener Marke ohne Risiko Bücher zu verlegen.

Alle Informationen im Internet: **www.tredition.de/fuer-verlage**

tredition wurde mit mehreren Innovationspreisen ausgezeichnet, u. a. mit dem Webfuture Award und dem Innovationspreis der Buch Digitale.

tredition ist Mitglied im Börsenverein des Deutschen Buchhandels.

Dieses Werk elektronisch lesen

Dieses Werk ist Teil der Gutenberg-DE Edition DVD. Diese enthält das komplette Archiv des Projekt Gutenberg-DE. Die DVD ist im Internet erhältlich auf **http://gutenbergshop.abc.de**